KENDERMORE

LANCEDRAGON
AU FLEUVE NOIR

KENDERMORE

par
Mary Kirchoff

Couverture de
JEFF ESLEY

FLEUVE NOIR

Titre original :
Kendermore

Traduit de l'américain
par Isabelle Troin-Joubaud

Collection dirigée par Patrice Duvic
et
Jacques Goimard

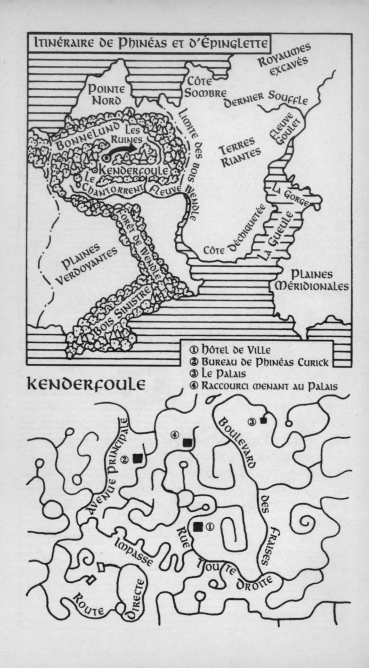

PROLOGUE

C'était une fin d'après-midi paisible à l'*Auberge du Dernier Refuge*, dans la ville de Solace. Trois amis assis à leur table favorite, près de l'âtre, faisaient des projets.

— Où iras-tu d'abord, Tass ? demanda Tanis Demi-Elfe, un coude posé sur la table de chêne, le menton appuyé sur sa main.

Face à lui se trouvaient le nain Flint Forgefeu et le kender Tasslehoff Racle-Pieds. Ce dernier mesurait à peine quatre pieds depuis le bout des orteils jusqu'au sommet de sa queue-de-cheval. Il était un peu triste à l'idée de quitter ses amis les plus proches. Mais le petit groupe — sept compagnons —, avait décidé de se séparer pour se retrouver au même endroit, cinq ans plus tard, après avoir enquêté sur les rumeurs de guerre et résolu certains problèmes personnels.

— Je n'y ai pas encore réfléchi. Où les vents me porteront, je suppose.

Il souleva une énorme chope, renversa la tête en arrière et attendit que la dernière gorgée de mousse odorante glisse dans sa bouche ouverte. Puis, souriant, il s'essuya d'un revers de manche.

— J'ai des tas d'amis qui attendent ma visite, tu sais !

Les yeux de Flint brillèrent d'un éclat moqueur.

— Tu parles qu'ils t'attendent ! Ils doivent être occupés à poser des verrous anti-kenders partout chez eux !

Sa bouche s'ouvrit sur un immense éclat de rire qui fit onduler ses joues rondes. Même Tanis, toujours diplomate, ne put s'empêcher de sourire.

— Oh, tu crois ? s'exclama Tass, tout joyeux. La plupart des serrures sont tellement faciles à crocheter de nos jours ! Je ne sais pas comment les gens réussissent à protéger leurs affaires !

— C'est impossible en présence d'un kender, ricana Flint.

Il porta deux doigts à sa bouche et émit un sifflement strident. La fille adoptive de l'aubergiste accourut. C'était une adolescente aux joues roses, aux yeux brillants et aux courts cheveux roux, vêtue d'une simple tunique grise. La tiédeur de ce début d'automne faisait perler des gouttes de sueur sur son front.

— Oui, messire ? demanda-t-elle vivement.

— Tu t'appelles Tika, n'est-ce pas ? (La jeune fille hocha la tête et Flint lui sourit.) Eh bien, Tika, apporte-nous trois autres bières. Et mets ça sur mon compte.

— Très bien, messire.

Elle s'éloigna vers le bar, se glissant avec adresse entre les tables.

L'*Auberge du Dernier Refuge* était un bâtiment en « L » plutôt bas de plafond, rempli de petites tables rondes. De la cuisine s'échappaient des bruits de casserole et un bon fumet de pommes de terre aux épices : la spécialité qui l'avait rendue célèbre. Comme presque toutes les autres structures du village, l'auberge avait été bâtie au sommet d'un arbre gigantesque, auquel on accédait par un escalier en colimaçon ou par les passerelles qui le reliaient aux arbres voisins. Solace était un endroit unique, à la fois magnifique et très facile à défendre.

Les trois amis étaient perdus dans leurs pensées lorsque Tika revint avec leurs boissons. La jeune fille dévisagea le séduisant Tanis, ses grands yeux sombres, ses pommettes hautes, ses cheveux roux et bouclés. Puis son regard glissa vers le torse mince et musclé du demi-elfe, et, dans son trouble, elle renversa quelques gouttes de bière sur la table.

— Oh, je suis désolée... c'est la chaleur ! marmonna-t-elle en passant un coup de chiffon.

— Il n'y a pas de mal, la rassura Tass. Je suis même étonné que tu n'aies renversé que ça, vu la façon dont tu regardais...

— Merci, Tika, coupa Flint.

La jeune fille s'empourpra et, reconnaissante, se hâta de regagner la cuisine.

— Tass, tu n'aurais pas dû l'embarrasser de la sorte ! dit le nain.

— Embarrasser qui ? Qu'est-ce que tu veux dire ? Oh, Tika ! Ce n'est pas ma faute si elle remplit les chopes à ras bord... Bien que, personnellement, j'aime assez ça chez une fille.

Il plongea un doigt dans la mousse de sa bière et le suçota avec ravissement. Flint leva les yeux au ciel.

— Tu n'as pas un sou de bon sens. Tu n'aurais pas dû lui faire remarquer qu'elle dévisageait Tanis.

Tass écarquilla les yeux.

— Mais toutes les filles regardent Tanis ! Tu as vu Kitiara ? C'en devient parfois gênant, même si elle n'a pas l'air de s'en rendre compte. Je me demande pourquoi...

— Hum-hum ! (Tanis s'éclaircit la gorge.) Ça ne vous ferait rien d'arrêter de parler de moi comme si je n'étais pas là ?

— D'accord, d'accord. Alors, dit Flint pour changer de sujet, tu ne nous as pas dit où tu irais.

Il sortit un morceau de bois, puis entreprit de le sculpter en canard. Grattant son menton rasé de frais, Tanis plongea son regard dans les flammes.

— Je ne sais pas... Je pense me diriger vers la cité de Qualinost.

Flint leva les yeux, les sourcils froncés. La mère de Tanis, une elfe, avait été violée par un humain et était morte en le mettant au monde. Le bâtard avait été élevé par son oncle, qui l'avait traité comme un de ses enfants. Pourtant, Tanis ne s'était jamais vraiment senti le bienvenu, ni chez les elfes ni chez les humains. Quand il était arrivé à l'âge adulte, son héritage mixte était devenu très apparent : il était plus petit qu'un humain et plus musclé qu'un elfe. Il avait alors eu l'impression que l'attitude de sa famille elfique se modifiait. Seule Laurana avait continué à le poursuivre de ses « assiduités » de petite fille, ce qui n'avait pas été du goût de son père et de ses frères. Alors, Tanis était parti. Mais ce souvenir le hantait. Il savait bien qu'un jour, il devrait à nouveau affronter Laurana et son oncle.

Flint tendit la main et lui tapota affectueusement l'épaule.

— Tu seras toujours ici chez toi, mon garçon.

Tanis se retourna et sourit.

— Je sais. Quant à toi, tel que je te connais, tu vas sans doute passer les cinq prochaines années à sculpter du bois devant ta cheminée.

— Et alors ? rétorqua Flint, indigné. Qu'est-ce qu'il y aurait de mal à ça ?

12

— Oh, rien, à part que ça deviendrait mortellement ennuyeux au bout d'une heure, intervint Tass. Si tu veux, je peux rester te tenir compagnie et...

— Et rien du tout ! coupa Flint. Je n'ai pas besoin d'une cervelle de moineau à mon côté ! Il se trouve que j'aimerais m'ennuyer un peu après vous avoir eus dans les pattes pendant tout ce temps. Ah, les gamins !

Tanis trouvait amusant de se faire traiter de gamin : il avait près d'un siècle, même s'il ne paraissait guère qu'une vingtaine d'années selon les critères humains. Flint était encore plus âgé : cent quarante ans à peu près. S'il avait été un homme, il aurait été proche de la soixantaine .

Tass posa ses pieds sur la table.

— Vous croyez que Sturm a une chance de retrouver son père en Solamnie ?

Sturm de Lumlane et Kitiara Uth-Matar avaient quitté Solace le matin même, se dirigeant vers le nord du continent. Le chevalier partait à la recherche de son père, dont il avait été séparé tout enfant ; Kitiara avait décidé de se joindre à lui dans l'espoir de vivre quelques aventures en chemin.

— Si le sire de Lumlane est encore en vie, je suis certain que Sturm le trouvera, dit fermement Tanis. Surtout avec Kit pour l'aider.

— Elle est si... déterminée, fit ingénument remarquer le kender.

— Il n'y a aucun souci à se faire pour elle, mais je m'inquiète un peu pour ses idiots de frères, grommela Flint. Quoi que vous en disiez, Raistlin est trop jeune pour subir l'Epreuve. Il ne réussira qu'à se faire tuer ! Et je ne sais pas ce que le pauvre Caramon fera sans lui.

Les jumeaux Caramon et Raistlin Majere — les demi-frères de Kitiara — étaient partis eux aussi.

Raistlin voulait aller à la Tour des Sorciers de Wayreth passer l'Epreuve ; comme d'habitude, Caramon avait insisté pour l'accompagner.

— Ah ! la famille, soupira Tanis, l'esprit ailleurs.

— C'est ça ! s'exclama Tass en bondissant sur ses pieds, tout excité. Je sais ce que je vais faire : rendre visite à ma famille ! Je me demande bien où ils peuvent être ! Surtout mon oncle Epinglette, le frère de ma mère. Je l'ai toujours adoré. Il est venu habiter avec mes parents après que sa femme soit morte pendant leur lune de miel. Enfin, je suppose qu'elle est morte.

— Comment ça, tu supposes ? demanda Tanis. Ça a l'air assez tragique.

— Oh, non. Si on en croit oncle Epinglette, c'est une histoire plutôt romantique.

— Tu nous donnes la version abrégée, s'il te plaît, intervint Flint. Je ne veux pas être encore assis ici à t'écouter quand les autres reviendront, dans cinq ans.

Tass leva les yeux au ciel.

— Très amusant. Comme si je t'avais déjà raconté une histoire qui dure cinq ans ! Et pourtant, j'en connais quelques-unes. Quoi qu'il en soit, oncle Epinglette et sa femme voulaient une lune de miel vraiment spéciale, alors c'est exactement là qu'ils sont allés — enfin, qu'ils ont essayé d'aller.

— Où ça ? questionna Flint.

Tass prit un air exaspéré.

— Tu ne m'écoutes pas ! Où veux-tu aller pour ta lune de miel ? Sur une lune, bien sûr ! Donc, ils ont acheté une potion magique à la Foire de Printemps. Ils en ont bu la moitié chacun, ils ont fermé les yeux et pensé à une lune, exactement comme le vendeur le leur avait recommandé. Mais quand oncle Epinglette a rouvert les yeux, il était toujours à la foire et sa femme était partie ! Il ne restait plus que sa robe de mariée sur le sol. (Les yeux du kender s'embuèrent.) Vous croyez qu'il n'a pas pensé assez fort ?

Flint épousseta les copeaux de bois nichés dans sa barbe.

— Je crois plutôt qu'elle s'est avisée d'où elle avait mis les pieds, et qu'elle a fui pendant qu'il en était encore temps : une lucidité vraiment étonnante chez une kender.

La porte de l'auberge s'ouvrit à la volée, livrant passage à la créature la plus vigoureuse que les trois compagnons aient jamais vue. D'après ses proportions, il devait s'agir d'une naine incroyablement voluptueuse. Sa chemise couleur framboise était tendue à craquer sur sa poitrine considérable ; une ceinture jaune canari ceignait sa taille de guêpe et son pantalon de cuir pourpre et moulant était rentré dans des bottes assorties à sa chemise. Ses joues et ses lèvres arboraient la même teinte grenat que ses longs cheveux ondulés, sur lesquels était crânement posé un petit chapeau à plumes.

— Enfin arrivée, soupira-t-elle de contentement, les mains posées sur les hanches.

Tout le monde se tut dans l'auberge.

— Viens ici, Aviron ! jeta négligemment l'étrangère par-dessus son épaule.

— Oui, ma dame, croassa une voix nerveuse.

Un jeune homme apparut derrière elle, recroquevillé comme pour ne pas faire d'ombre à la magnificence de sa patronne. Ses cheveux blond filasse étaient coupés au bol, son nez fort et busqué. Grand et osseux, il portait un pantalon de coton gris et une chemise à manches longues déchirée aux coutures.

— Arrête de m'appeler ma dame, le réprimanda la naine. Ça me donne l'impression d'être vieille, et je peux t'assurer, ajouta-t-elle en lui faisant un clin d'œil coquin, que c'est loin d'être le cas.

Aviron s'empourpra.

— Oui, ma dame, répondit-il en déglutissant.

Elle lui toucha la joue en souriant.

— Si jeune... mais j'aime ça !

Puis elle se détourna et, scrutant la semi-obscurité de la salle, aperçut Otik derrière le bar.

— You-hou !

Otik accourut, comme hypnotisé.

— Un homme aussi digne et aussi imposant que vous est sûrement l'aubergiste, ronronna la naine.

Otik gloussa comme un adolescent boutonneux.

— Euh, oui, c'est moi. Que puis-je faire pour vous ? Désirez-vous une chambre ? Un repas ? Nous faisons la meilleure cuisine de Solace. Que dis-je, du sud de l'Ansalonie !

— Je n'en doute pas, mais en réalité, je suis à la recherche de quelqu'un. Un kender du nom de Tasslehoff Racle-Pieds. On m'a dit que je le trouverais peut-être ici.

Les trois compagnons avaient observé la scène. Tass bondit sur ses pieds et courut vers la naine.

— C'est moi ! Je suis Tasslehoff Racle-Pieds ! J'ai gagné un truc ? Vous êtes là pour me remettre un prix ? Ou alors, vous avez perdu quelque chose ?

— On peut le formuler comme ça, répondit la naine en le dévisageant attentivement. Je ne vois pas pourquoi ils en font toute une histoire, grommela-t-elle. (Puis elle le saisit par le poignet.) Vous devez venir avec moi. Je vous préviens tout de suite, je suis très pressée, ajouta-t-elle en l'entraînant.

Tass, stupéfait, résista de toutes ses forces. La naine soupira et se tourna vers lui.

— Allons, venez. Je n'ai pas toute l'année devant moi.

— Attendez une minute, balbutia le kender. Qui êtes-vous ? Où m'emmenez-vous ? Je vous trouve très impolie.

Tanis et Flint se levèrent et se dirigèrent vers la porte. L'étrangère parut se souvenir de quelque chose.

— Oups, navrée. J'oublie toujours. (Puis, d'un ton très officiel :) Tasslehoff Racle-Pieds, vous êtes en état d'arrestation pour avoir violé la section 3119, alinéa 47, paragraphe 10, sous-paragraphe je ne sais plus combien, du Code Kender de l'Honneur.

— Ça a l'air sérieux, dit Tass en grimaçant. Qu'est-ce que ça veut dire ?

— Ça veut dire que vous avez rompu une promesse de mariage, et que vous êtes dans le pétrin, Racle-Nez !

LIVRE I

CHAPITRE PREMIER

— Oh, ça ! s'exclama Tass en faisant un geste négligent. Je ne m'en souviens même plus !

— Ça me paraît évident. En revanche, le Conseil de Kenderfoule ne partage pas votre amnésie. Et maintenant, arrêtez de gigoter ! dit la naine en tirant vigoureusement sur le bras de Tass.

Tass agrippa une table et refusa de bouger. L'étrangère soupira.

— Très bien, si vous le prenez ainsi... Aviron, occupe-toi de lui.

Le jeune homme blond avait à peine fait un pas lorsque Tanis l'interpella :

— Si j'étais toi, mon garçon, je n'essayerais pas ça.

Il serra les poings de façon menaçante. A côté de lui, Flint avait posé la main sur le manche de sa hache.

— Qu'est-ce qui se passe, Tass ? demanda le demi-elfe de sa voix la plus sévère.

— Cette dame veut que je rentre à Kenderfoule pour me marier, dit-il en évitant le regard de son ami.

— Avec elle ?

— Je vous interdis de m'insulter ! cria la naine en s'empourprant.

Tanis se tourna vers elle.

— D'accord. Alors dites-nous qui vous êtes et ce que vous voulez à Tasslehoff.

Jetant un coup d'œil concupiscent à la silhouette musclée du demi-elfe, la naine répondit d'un ton mielleux :

— Mon nom est Gisella Cornebière. Et comme je viens de le dire, Rince-Pieds est en état d'arrestation pour avoir violé une promesse de mariage. Je suis désolée, mais il faut vraiment que j'y aille. J'ai un horaire à respecter, vous savez ce que c'est.

Flint hoqueta de surprise.

— Vous êtes une chasseuse de primes ?

— Oh ! pas vraiment, je travaille plutôt..., disons... dans l'import-export. Mais bon, des rouleaux de tissu ou un kender, quelle différence, du moment que ça se porte ?

— Et si nous demandions plutôt à Tass ce qu'il a envie de faire ? (Tanis se tourna vers son ami.) Alors, qu'en penses-tu ? Tu ne nous as jamais dit que tu avais une petite amie !

— Je n'en ai pas, grogna Tass en se remettant sur pied et en époussetant sa veste. Mais il y a longtemps, un type a remarqué qu'il ne restait plus grand monde à Kenderfoule, parce que tous les kenders passaient leur temps à courir aux quatre coins de Krynn sans jamais se marier. Alors ce génie a eu l'idée de promettre les gens les uns aux autres dès leur naissance. Un garçon et une fille qui naissent à peu près en même temps et au même endroit sont censés se marier vers leur trente-cinquième anniversaire. C'est une des rares choses que se rappellent tous les kenders. Sauf moi.

— Si je comprends bien, il y a quelque part à Kenderfoule une fille qui attend que tu l'épouses ? demanda Flint en réprimant un sourire.

— Je suppose que oui, répondit Tass, morose. Je ne

22

l'ai jamais rencontrée. Son nom commence par un D...
Dorcas... Dipilfis... Je ne sais plus.

Flint ne put se contenir plus longtemps ; il éclata d'un rire bruyant.

— J'aimerais tellement voir la tête qu'elle fera en découvrant son futur mari ! Ha, ha, ha !

— Tass, dit gentiment Tanis, avisant le visage décomposé du kender, est-ce que tu as envie d'épouser cette fille ?

— Ben... à vrai dire, je n'y avais jamais pensé. Je me suis toujours dit que je me marierai un jour. Mais plus tard. Beaucoup plus tard.

— Alors, la meilleure chose à faire, c'est d'aller la voir et de lui dire, suggéra le demi-elfe. Ou de lui faire porter un message par dame Cornebière. Je suis sûr qu'elle comprendra.

Le visage de Tass s'éclaira.

— Oui... eh bien dame Cornebière, elle ne comprendra rien du tout, rétorqua la naine. J'ai été payée pour ramener un kender, pas un message. Charge-le, Aviron.

— Hé, pas la peine de me traiter comme un sac de patates, protesta Tass, rouge de colère.

— Elle a raison, dit Flint qui s'amusait énormément. Si j'étais vous, je ne le quitterais pas des yeux, des fois qu'il essaierait de vous fausser compagnie.

— Il n'a pas intérêt. Le Conseil retient son oncle Epinglette prisonnier, et ils ne le relâcheront qu'à son retour.

— Prisonnier ! Pauvre oncle Epinglette ! s'exclama Tass. (Il plissa les yeux, soudain méfiant.) Attendez une minute... Comment puis-je savoir que vous ne me racontez pas des histoires ?

Gisella se gratta le menton, l'air embarrassé.

— Eh bien, l'idée n'était pas de moi, mais le Conseil m'a dit de vous montrer ça si vous me causiez des ennuis. (Elle sortit une petite bourse et en renversa le contenu dans sa paume : plusieurs petits os d'une longueur totale d'environ deux pouces.) Voilà son doigt !

Tass se pencha et l'examina avec soin.

— Oui, je le reconnais, concéda-t-il, imperturbable. C'est le préféré d'oncle Epinglette.

Tanis grimaça, horrifié.

— Ils ont coupé le doigt de ton oncle ? Mais pourquoi ?

— J'ai trouvé ça assez répugnant, dit la naine en le remettant dans sa bourse.

Tass sourit.

— Vous croyez que c'est un de ses doigts ? Mais non, voyons ! Oncle Epinglette collectionne les os d'animaux : celui-ci est son porte-bonheur !

— Eh bien on dirait qu'il ne fonctionne pas très bien, fit sèchement remarquer Gisella.

Tanis soupira.

— J'abandonne. Débrouille-toi tout seul, Tass. (Il lui serra la main et se dirigea vers la porte.) Bonne chance, mon ami. A dans cinq ans.

— Amuse-toi bien à ton mariage, gloussa Flint en tapotant l'épaule du kender.

Puis il emboîta le pas au demi-elfe et sortit.

— Alors, Racle-Pieds, venez-vous de votre plein gré ou faut-il qu'Aviron vous porte ?

— Je viens, je viens, grommela Tass, bougon. Laissez-moi juste prendre mes affaires.

Il retourna vers la table qu'il occupait encore quelques minutes auparavant, et ramassa le bâton muni d'une fronde sans lequel aucun kender ne partait à l'aventure. Puis, après un signe de la main à Otik et Tika, il descendit l'escalier qui s'enroulait autour du tronc de l'auberge.

— Ouah ! Quel beau chariot ! s'exclama-t-il en voyant la grande voiture de bois qui les attendait.

Celle-ci avait un toit arrondi, des roues renforcées et des flancs sculptés. Sur l'un d'eux se détachait en lettres rouge vif l'inscription suivante : *Bazar de Messire Cornebière. Vous le Voulez, Nous l'Avons.*

— Où est messire Cornebière ? demanda Tass.

Gisella eut un large sourire.

— Bien vu, Ronce-Pieds. Il n'y en a pas, mais c'est bon pour les affaires. Les gens sont persuadés d'obtenir un meilleur prix en arnaquant l'épouse idiote d'un marchand.

Elle se dirigea vers le chariot et commença à fouiller dans une sacoche de cuir accrochée au siège du conducteur.

— Où est donc ce truc ? grommela-t-elle. Aviron !

— Oui, ma dame ?

— Installe le kender à l'intérieur pendant que je cherche cette fichue carte. Je veux voir s'il n'y aurait pas un raccourci pour rentrer.

Tass dressa l'oreille.

— Une carte ? Vous cherchez une carte ? J'en ai plein ! dit-il en sortant de sa veste un nombre impressionnant de parchemins.

Il en choisit une et l'étala sur le sol. Fronçant les sourcils, Gisella l'examina.

— Mais je ne reconnais aucun des points de repère ! Et la plupart des noms de ville ne me disent rien !

— C'est parce que les kenders utilisent leurs propres symboles. Et puis votre carte ne devait pas être aussi détaillée que la mienne, voilà tout ! Vous voulez rentrer rapidement à Kenderfoule ?

— C'est-à-dire que j'ai là-dedans un chargement de melons qui risquent de pourrir si je ne me dépêche pas...

— Alors je m'occupe de tout, dit Tass, grand seigneur. S'il y a une chose que je sais faire, c'est bien aller là où je vais !

CHAPITRE II

— N'oubliez pas de garder ces bouchons de cire dans les oreilles pendant deux semaines. Lorsque vous les enlèverez, vous entendrez beaucoup mieux, hurla Phinéas Curick.

Ce petit homme entre deux âges, au nez rouge et au crâne luisant, exerçait depuis un an et demi — et de façon un peu particulière — la profession de médecin à Kenderfoule. Mais même s'il vivait plus d'un siècle, jamais il ne comprendrait les habitants de cette ville. Jour après jour, ils s'entassaient dans sa salle d'attente en se plaignant de maux imaginaires, jour après jour il leur distribuait des pilules de sucre, de la cire d'abeille, du lait caillé et de la moutarde. Extraire les dents était le seul acte médical dont il soit capable. Pour les kenders qui avaient mal aux oreilles, il était Docteur Oreilles, pour ceux qui avaient mal aux articulations, il était Docteur Os, pour ceux qui avaient mal aux dents, Docteur Dents.

Il reconduisit son patient à la porte et se tourna vers les dix qui attendaient.

— Au suivant !

Tous se levèrent d'un bond... ou du moins essayèrent. Mais un seul se dirigea d'un pas confiant vers le cabinet de Phinéas Curick ; les autres trébuchèrent et tombèrent pêle-mêle sur le sol, leurs lacets de chaussures mystérieusement attachés à leur chaise. Phinéas emboîta le pas à son patient, un jeune kender qui s'installa confortablement dans le fauteuil.

— Alors, que puis-je faire pour vous aujourd'hui ? demanda-t-il en se lavant les mains. Les dents, les oreilles ?

— Merci, j'ai déjà tout ça, répondit poliment son interlocuteur. Je suis venu vous consulter pour un problème d'yeux. Chaque fois que je vais au soleil, je n'y vois plus rien, et chaque fois que je rentre dans l'obscurité, je n'y vois plus non plus. Comme je suis portier à l'auberge de Kenderfoule, ça me donne pas mal de souci.

— Je vois, répondit Phinéas.

Derrière lui étaient accrochées de nombreuses montures de lunettes. Il en choisit une, puis fouilla dans un tiroir de son bureau et en sortit deux rectangles de parchemin huilé. Les glissant dans la monture à la place des verres, il posa le tout sur le nez du kender.

— Portez ces lunettes pendant deux semaines. Quand vous les enlèverez, vous y verrez beaucoup mieux.

— Mais je n'y vois rien, Docteur Yeux, protesta le patient.

— Evidemment, répondit Phinéas, sinon, vous ne seriez pas venu me consulter.

Le visage du kender s'éclaira.

— Bien sûr, suis-je bête ! Merci, Docteur Yeux !

Les bras tendus, il se dirigea à tâtons vers la sortie.

— Ce n'est rien, dit modestement Phinéas. Ça fera dix pièces de cuivre.

Il ne restait plus que deux clients dans la salle d'attente : une jeune femme qui avait réussi à se coincer les doigts dans les deux extrémités d'une canne creuse, et un maçon qui avait cloué sa jambe de pantalon à une planche. Phinéas décida qu'il en avait assez fait pour la journée. Il les congédia donc en les invitant à revenir le lendemain, puis ferma la porte, éteignit la lanterne de la salle d'attente et s'en fut nettoyer ses outils dans son cabinet.

Quelques instants plus tard, il entendit du bruit dans l'entrée.

— Je suis fermé, vous n'avez pas vu la pancarte ?

Mais il savait par expérience qu'aucune serrure ne représentait une garantie contre un kender. La porte de son cabinet s'ouvrit, et une silhouette se découpa dans la pénombre de la salle d'attente.

— C'est une question de vie ou de mort ! Je viens de perdre mon doigt !

Les yeux de Phinéas s'agrandirent. Il ne connaissait pas grand-chose à la médecine, mais il savait qu'un kender se vidant de son sang dans son cabinet ne lui ferait pas une bonne publicité.

— Entrez, entrez, pressa-t-il en fouillant dans un placard pour trouver des bandages. Et tenez bien votre main en l'air.

Puis il se tourna vers le blessé, s'attendant à être accueilli par une fontaine écarlate. Il ne vit qu'un kender d'âge mûr, agitant ses cinq doigts au-dessus de sa tête comme on le lui avait recommandé, mais pas une seule goutte de sang.

— Foutez-moi le camp, grommela-t-il en attrapant son faux patient par le col. Je ne suis pas d'humeur à plaisanter.

Surpris, le kender se dégagea en protestant :

— Mais je ne me moque pas de vous ! Je m'appelle Epinglette Pieds-Poilus, et j'ai perdu mon doigt. A l'origine, il appartenait à un minotaure, ou peut-être à un loup-garou... Ils sont difficiles à distinguer. Je collectionne les os intéressants. Celui-ci était mon porte-bonheur, et le Conseil de Kenderfoule me l'a emprunté. C'est très compliqué et c'est pour ça que je ne peux pas revenir demain. Pouvez-vous m'aider ? Je crois que ma vie en dépend.

Stupéfait, Phinéas le dévisagea. Epinglette Pieds-Poilus avait des cheveux roux mêlés de fils gris, des yeux vert foncé et une voix très grave. Il avait accroché des plumes à sa queue-de-cheval et portait une très belle cape de velours pourpre avec un pantalon assorti, ainsi qu'une tunique vert pomme. Autour de son cou pendait un collier de petits os gris-blanc.

— Vous voulez que je vous aide à récupérer le doigt que le Conseil vous a emprunté ?

— Oh non, ce ne serait pas possible. Il me faut un autre doigt de minotaure.

Phinéas s'essuya le visage et se laissa tomber sur un tabouret. Il connaissait suffisamment bien les kenders pour savoir qu'il ne s'en tirerait pas à si bon compte.

— Mais je ne suis ni vétérinaire ni apothicaire, protesta-t-il faiblement. Pourquoi posséderais-je une telle chose ?

— J'ai déjà été voir vos collègues. Ils n'avaient pas ce que je cherchais. Si je ne trouve pas un autre doigt de minotaure, quelque chose de terrible risque de m'arriver !

— Les os que vous portez autour du cou ne pourraient-ils pas faire l'affaire ?

— Ils le pourraient peut-être si c'étaient des os de doigts, répliqua sèchement Epinglette, mais vous voyez bien que ce n'est pas le cas !

Phinéas soupira, se releva et ouvrit un placard. A l'intérieur se trouvait le cadavre desséché d'un rat. Il choisit le plus gros de ses os et le posa dans la main de son patient.

— Eh bien, c'est quand même votre jour de chance. Il se trouve que j'utilise des doigts de minotaures pour préparer l'un de mes plus puissants élixirs de santé ; je me trouve actuellement en possession d'une pièce très rare : un doigt de minotaure-garou, une des créatures les plus exotiques du monde. Etant collectionneur, vous devez vous douter de sa valeur. Cependant, comme vous semblez beaucoup y tenir, j'accepte de vous le céder.

— Il est magnifique ! s'exclama Epinglette, rayonnant de bonheur. Je ne pourrai jamais assez vous dédommager, mais je vais vous l'échanger contre ce que je possède de plus précieux.

Plongeant la main dans une de ses poches, il en sortit un très vieux parchemin qu'il fourra dans la main de Phinéas. Le visage du docteur s'éclaira. Un bon au porteur ! Il avait enfin rencontré un kender riche !

— Eh bien, heureux d'avoir pu vous rendre service, dit-il en empochant le rouleau. N'hésitez pas à revenir me voir si vous cherchez autre chose.

— Je n'y manquerai pas. A présent, il faut absolument que je retourne à la prison. En fait, ce n'est pas une prison : c'est même un endroit très joli, si on apprécie les fauteuils rembourrés et les tapisseries à fleurs. Mais je ne veux pas rester trop longtemps absent, sans quoi ils risquent de s'inquiéter. Si je peux faire quoi que ce soit pour vous, demandez-le-moi. Je suis un ami personnel du maire — en fait, mon neveu va bientôt épouser sa fille.

Il franchit la porte entrouverte et disparut, laissant derrière lui un Phinéas éberlué, incapable de réagir. Il s'était fait rouler ! Epinglette était sans doute un vieil excentrique évadé de la prison de la ville. Comment avait-il pu croire qu'un kender posséderait un bon au porteur ! Haussant les épaules, Phinéas souffla les bougies de son cabinet et se dirigea vers l'escalier. Au passage, il jeta négligemment le parchemin inutile dans son plateau à outils.

CHAPITRE III

— Je crois que c'est un mauvais présage, dit Aviron en secouant ses cheveux raides trempés de sueur.

— Comment ça, un mauvais présage ? interrogea Tass.

— Lorsqu'il fait aussi chaud à la fin de l'automne, c'est qu'un hiver très rude se prépare.

— Ça s'appelle un cycle, pas un présage, le coupa Gisella. Je ne crois pas à toutes ces superstitions.

— Vraiment ? dit Aviron avec un mélange d'incrédulité et de pitié. Vous passeriez devant un oiseau qui couve pendant la pleine lune ? Vous boiriez de la bière dans une chope ébréchée ? Vous... vous utiliseriez une bougie allumée en présence d'un mort ?

— Pourquoi pas ? demanda Gisella. Qu'est-ce qui se passerait si je le faisais ?

— Quelque chose de vraiment terrible ! Si vous passez devant un oiseau qui couve à la pleine lune, tous vos enfants naîtront dans un œuf. Si vous buvez de la bière dans une chope ébréchée, vous vous ferez cambrioler avant la fin de la journée. Et si vous allumez une bougie ayant déjà été utilisée en présence d'un cadavre, vous serez visitée par l'esprit du mort ! Peut-être même qu'il s'emparera de votre corps !

— C'est ridicule, trancha Gisella d'un ton sans appel.

Le soleil se couchait à l'horizon. Le « Bazar de Messire Cornebière » traversait une étroite vallée située à l'est de Solace, et les chevaux avaient de plus en plus de mal à éviter les ornières.

— C'est la vérité des dieux, ma dame, jura Aviron.

— Je ne crois à aucune de ces sornettes, les dieux y compris, marmonna Gisella. Dis-moi, Aviron, as-tu déjà assisté en personne à un de ces événements ?

— Bien sûr que non, ma dame, répondit le jeune homme en frissonnant. J'ai fait bien attention à les éviter.

— Ce doit être très intéressant de sortir d'un œuf, commenta Tass. Je n'aimerais pas me faire cambrioler, mais j'adorerais parler à un esprit.

— Ça ne risque pas de vous arriver, Racle-Pieds, dit Gisella en riant. Du moins pas tant que je suis dans les parages.

— Vous ne devriez pas plaisanter avec ces choses-là, ma dame, intervint Aviron, les sourcils froncés. Les esprits n'aiment pas ça.

— Et moi je n'aime pas cette discussion, répliqua la naine. Il fait trop sombre pour continuer. Nous allons camper ici pour la nuit.

Elle sauta du chariot, prit les chevaux par la bride et les conduisit jusqu'à une petite clairière.

— Occupe-toi d'eux, ordonna-t-elle ensuite à Aviron. Et garde un œil sur Racle-Pieds pendant que je cherche un endroit pour prendre un bain.

Elle se dirigea vers l'arrière du chariot. Aviron sortit un sac de grain de sous le siège du conducteur et en distribua plusieurs poignées aux chevaux tout en caressant leur museau soyeux. Les bêtes hennirent, lui jetant un regard reconnaissant.

— Ils ont l'air de bien t'aimer, dit Tass, admiratif.

Aviron haussa les épaules, mais ne put réprimer un sourire plein de fierté.

— Moi aussi, je les aime bien. Je m'occupe d'eux depuis que dame Cornebière m'a engagé, il y a quelques semaines. Pourriez-vous m'aider à trouver de grosses pierres pour bloquer les roues du chariot ?

— Bien sûr. Dis-moi, continua Tass en scrutant le sol, es-tu capable de parler avec les animaux ? Mon ami Raistlin y arrive parfois lorsqu'il jette un sort. Mais c'est bizarre : les animaux n'ont pas l'air de l'aimer beaucoup.

— Non, je ne sais pas leur parler avec des mots, répondit Aviron en secouant la tête. Mais j'arrive à les comprendre presque tous, à part les lézards et certains oiseaux.

Après avoir calé les roues du chariot, ils se mirent à chercher du bois pour faire un feu.

— Et comment as-tu appris à faire ça ? poursuivit Tass.

— Je n'en sais rien, dit le jeune homme en haussant les épaules. Je pense que n'importe qui peut y arriver, à condition de leur accorder suffisamment d'attention.

— Oh. Flint dit toujours que je parle trop. C'est peut-être pour ça que je n'ai jamais entendu un seul animal le faire.

— Je suppose. Au fait, j'espère que vous savez faire la cuisine, parce que dame Cornebière n'est même pas capable de faire bouillir de l'eau. J'ai bien essayé de m'y mettre, mais...

— Je suis un très bon cuisinier ! s'exclama Tass. Je sais faire le ragoût de lapin, la sauce aux oignons et même la tarte au maïs !

— Je crains que nous n'ayons pas les ingrédients nécessaires, dit Aviron en secouant la tête. Dame Cornebière vit dans son chariot toute l'année, et elle préfère voyager léger. Pour le moment, nous ne disposons que d'un poulet, un sac de haricots secs, trois rouleaux de tissu doré, deux caisses de melons auxquels nous n'osons pas toucher, deux furets vivants — et qui doivent le rester —, et plusieurs pots d'épices bizarres.

— Bon, eh bien je vais tâcher de faire quelque chose avec le poulet et les haricots, soupira Tass.

Il monta dans le chariot, alluma la lanterne accrochée près de la porte et écarquilla les yeux. L'intérieur du véhicule était bien plus grand qu'on aurait pu le croire de l'extérieur ! Tout le côté droit était occupé par des étagères sur lesquelles reposaient quantité de jarres pleines d'herbes séchées, des bougies de cire d'abeille jaune, ainsi qu'un présentoir de velours noir contenant une multitude de bagues aux gemmes colorées. Tass tendit une main avide.

— Au fait, ne touchez pas aux anneaux, prévint Aviron depuis l'extérieur. Les gemmes sont fausses, mais dame Cornebière les vend au prix des vraies. Elle sait exactement combien elle en a et où se trouve chacune d'elles.

— Eh bien elle ne devrait pas les laisser à la portée de n'importe qui, marmonna Tass.

Il examina le reste du chariot. Le côté gauche était encombré d'énormes coussins aux couleurs vives empilés sur une couverture de fourrure noire, sans doute le lit de Gisella. Dans un coin se dressait un paravent laqué sur lequel étaient posés les vêtements de la naine.

L'estomac de Tass se mit à gargouiller. Se dirigeant vers le placard décrit par Aviron, il prit le poulet et le sac de haricots. Puis il préleva une poignée de sauge et une autre de fenouil dans les jarres vertes, ramassa quelques récipients et casseroles et ressortit.

Aviron était assis près du feu. Tass le rejoignit et,

après avoir mis les haricots à tremper pour les ramollir, entreprit de plumer le poulet.

— Où avez-vous appris à cuisiner ? demanda Aviron.

— En regardant ma mère, je suppose, répondit Tass. C'était une excellente cuisinière ! Sa tourte à la mangouste déclenchait régulièrement des émeutes chez nos voisins. A la fin, le Conseil de Kenderfoule lui a interdit d'en faire.

Les yeux du kender brillaient de fierté.

— Une cuisinière douée..., répéta Aviron. Que lui est-il arrivé ? Est-elle morte ?

— Je ne crois pas, dit Tass en fronçant les sourcils, je ne l'ai pas vue depuis longtemps.

— Si mes parents étaient encore en vie, j'irais leur rendre visite aussi souvent que possible, soupira le jeune homme.

— Ils sont morts tous les deux ? Je suis navré, dit Tass en arrachant une poignée de plumes noires. Comment est-ce arrivé ?

Aviron cligna des yeux.

— Mon père venait d'une famille de Chevaliers de Solamnie, mais il ne se souciait pas tant de son héritage que d'aider les gens, c'est ce qui l'a perdu.

Tass savait, grâce à son ami Sturm de Lumlane, que les chevaliers — autrefois gardiens de la paix du royaume —, étaient persécutés depuis le Cataclysme. Le peuple les tenait pour responsables, et le père de Sturm lui-même avait dû envoyer sa femme et son jeune fils dans le sud pour les protéger. Sturm ne l'avait jamais revu.

— Il y a une dizaine d'années, mon père a volé au secours d'un fermier blessé, mais les voisins ont cru qu'il était coupable de l'agression et, malgré les protestations de la victime, ils l'ont massacré sans chercher à comprendre. Quant à ma mère, elle a fait une fausse couche quelques semaines plus tard et elle est morte.

Tass renifla et s'essuya le nez sur sa manche. Pour une fois, il ne savait que dire.

Puis il eut une idée.

— Tu peux venir voir mes parents avec moi lorsque nous serons arrivés à Kenderfoule. Enfin, s'ils y sont toujours.

— C'est très gentil à vous, répondit Aviron, mais ce ne serait pas tout à fait la même chose.

— Et euh... comment se fait-il que tu sois avec dame Cornebière ?

— Après la mort de mes parents, mon oncle m'a recueilli. Il était très proche de mon père : il espérait le faire revivre un peu à travers moi, enfin, je crois. Il me répétait sans cesse que je lui ressemblais. Il voulait que je devienne son écuyer, et il m'obligeait à m'entraîner tous les jours. Mais je ne voulais pas être un Chevalier de Solamnie, pas après ce qui était arrivé à mon père. J'ai essayé de le dire à oncle Gordon qui n'a rien voulu entendre. Il ne jurait que par la Loi. Alors j'ai dû m'enfuir. (Il poussa un long soupir.) J'ai rencontré dame Cornebière à une fête. Je cherchais un travail, elle cherchait un assistant. Voilà.

Ils se turent pendant quelques instants, perdus dans leurs pensées respectives. Puis Tass reprit la parole :

— J'ai un oncle : c'est le frère de ma mère, il s'appelle Epinglette Pieds-Poilus. Tu sais, celui que le Conseil de Kenderfoule a emprisonné à cause de moi. (Il leva le nez de son poulet, des plumes collées aux doigts.) En plus, ils lui ont pris son doigt porte-bonheur. Crois-tu que ce soit un mauvais présage ?

Aviron esquissa un sourire.

— Ça ne peut pas être un bon présage, en tout cas.

(Il prit le poulet plumé des mains de Tass.) Je vais le vider. C'est une des seules choses que je sache faire en matière de cuisine.

Tass hocha la tête et essuya ses paumes dans l'herbe. Lorsque Aviron eut terminé, il farcit le poulet avec les haricots et les épices, puis le mit à rôtir sur une broche improvisée et, après avoir chargé son compagnon de surveiller la cuisson, s'endormit du sommeil du juste.

*
* *

Gisella, enveloppée d'une couverture, se dirigeait vers la lueur du feu, s'arrêtant de temps à autre pour retirer des aiguilles de pin de la plante de ses pieds. Elle savait qu'Aviron était scandalisé par ses expéditions nocturnes vers la source d'eau la plus proche, et s'en amusait. Elle avait l'habitude de prendre soin d'elle-même ; la sueur et la poussière des routes l'effrayaient plus que n'importe quel animal sauvage.

Une délicieuse odeur assaillit ses narines, et un sourire s'épanouit sur ses lèvres.

— C'est Tasslehoff qui a fait la cuisine, dit Aviron.

Le kender se réveilla en étouffant un bâillement. Gisella se laissa tomber sur le sol, s'empara d'une assiette et la tendit.

— Je meurs de faim !

Avant qu'Aviron ait avalé plus de deux bouchées de sa part, elle avait déjà englouti la sienne. Le jeune homme n'avait pas connu beaucoup de femmes, mais il sentait confusément que Gisella n'était guère représentative de son sexe. Elle avait des règles bien à elle, et se moquait de ce qu'en pensaient les autres. Elle était vorace, et pas seulement avec la nourriture. Aviron rougit au souvenir de son « commerce » avec les hommes. Même en se bouchant les oreilles, il n'avait pu échapper aux grognements émanant du chariot que, sans la moindre honte, elle lui avait demandé de surveiller pendant ses ébats. Une seule chose au monde lui faisait peur : ne pas pouvoir acheter ce qui lui faisait envie. Même s'il désapprouvait son style de vie, Aviron la respectait car elle avait le courage de ses convictions.

— Que regardes-tu, mon garçon ? demanda Gisella. (Elle planta ses yeux dans les siens, souriant de façon suggestive.) Aurais-tu changé d'avis quant à mon mode de paiement favori ?

Aviron s'empourpra et baissa les yeux vers ses chaussures.

— Non, non, balbutia-t-il. J'ai toujours besoin de ces pièces d'acier.

Gisella haussa les épaules sans paraître offensée.

— Comme tu veux. Tu sais que je préfère échanger des services. Racle-Pieds, voulez-vous me faire voir cette carte ?

Tass, qui s'était jusque-là appliqué à vider consciencieusement son assiette, suça ses doigts et sortit un parchemin de sa poche.

— Je pense que nous devrions arriver à Xak Tsaroth demain soir. Voyez, nous sommes à peu près ici, dit-il en désignant un point sur la carte.

— Oui, approuva Gisella. Ça me semble un bon raccourci.

Tass se rengorgea.

— Je vous avais bien dit que vous seriez de retour à temps pour vendre vos melons. S'il y a une chose que les Racle-Pieds connaissent bien, ce sont les cartes.

Pourtant, Gisella sentait que quelque chose clochait. Mais quoi ? Longtemps après que Tass et Aviron se fussent endormis, elle se le demandait encore.

CHAPITRE IV

Phinéas bâilla et s'essuya les yeux avec un mouchoir. Il avait un horrible goût métallique dans la bouche, probablement à cause de la bière kender dont il avait un peu abusé le soir précédent. Il pénétra dans son cabinet, alluma une bougie et se dirigea vers le comptoir sur lequel trônait la bouteille de verre contenant son élixir spécial.

Il préconisait ce remède dans tous les cas où les bouchons de cire, les bandages et les lunettes de parchemin huilé s'avéraient inutilisables. Et bizarrement, il s'était rendu compte que l'élixir possédait de réelles vertus curatives, au moins contre les maux d'estomac et la mauvaise haleine. Bien entendu, il affirmait à ses patients que le breuvage venait de pays dangereux et lointains, alors qu'il le fabriquait lui-même avec quelques cerises et des feuilles d'eucalyptus dérobées dans le jardin de l'apothicaire le plus proche. Il n'y avait certainement jamais incorporé le moindre os de minotaure-garou.

Par association d'idées, les yeux de Phinéas se posèrent sur le parchemin remis par son étrange visiteur de la veille.

— Cet Epinglette est un véritable escroc... Peut-être meilleur que moi ! dit-il d'un ton admiratif.

Il déroula distraitement le parchemin. Une carte. Il allait la chiffonner et la mettre à la poubelle lorsqu'un mot retint son attention : trésor. Fronçant les sourcils, il étala le parchemin sur son bureau. D'après le titre, il s'agissait d'une carte de Kenderfoule, mais si vieille et si fragile qu'il avait du mal à la déchiffrer à la lueur de la bougie. La ville ressemblait à une boîte remplie de serpents. Pas une seule de ses rues n'était droite, et la plupart se terminaient sur une impasse. Phinéas remarqua que ses plus grandes avenues changeaient de nom à plusieurs reprises entre leurs deux extrémités, et comme si ce n'était pas assez perturbant, le cartographe avait utilisé ses propres symboles, notant des points de repères tels que « Maison de Bertie », « Nid du Rouge-Gorge » ou « Tache Violette ».

Le mot lui sauta à nouveau aux yeux, sur le bord droit de la carte. « Ici se trouve un fabuleux trésor de gemmes et d'anneaux magiques. » Son cœur se mit à battre plus vite. C'est alors qu'il remarqua un petit signe sous la phrase enchanteresse : une flèche pointée vers la droite ! Il colla le nez sur la carte, se rendit compte que celle-ci avait été déchirée — le morceau qui manquait étant justement celui où se trouvait le trésor —, et poussa un cri de rage.

— Non !

Il examina le document à la recherche d'un autre indice, sans succès. Pourtant, il était persuadé que le morceau en sa possession représentait tout Kenderfoule. Alors, qu'y avait-il sur l'autre ? Et surtout : où se trouvait-il ?

Epinglette ! Le kender lui avait dit que la carte était son bien le plus précieux ; il connaissait forcément sa valeur, et possédait peut-être même l'autre moitié.

Mais comment le retrouver dans une aussi grande ville ?

Soudain, il se rappela des paroles de son étrange client. Il avait dit qu'il était retenu prisonnier, et aussi que son neveu devait épouser la fille du maire. Pour aussi bizarre que ces deux affirmations puissent paraître, elles contenaient peut-être un fond de vérité. De toute façon, elles étaient les seuls indices dont il disposait.

Pendant qu'il s'interrogeait, les kenders s'étaient amassés sous ses fenêtres.

— Docteur Dents...

— J'ai un ongle incarné et...

Phinéas les interrompit :

— L'un d'entre vous saurait-il où je peux trouver le maire ?

— A l'Hôtel de Ville, répondirent-ils tous en chœur.

— Merci. Je serai fermé toute la journée.

Il claqua ses volets au nez d'une dizaine de petits visages surpris. Ses clients commencèrent à protester de leurs voix aiguës, mais Phinéas était déjà loin.

CHAPITRE IV

— Je ne comprends pas, dit Tass pour la dixième fois de la journée.

Il était assis sur le siège du conducteur entre Aviron et Gisella, sa carte étalée sur les genoux.

— Le village de Que-shu était bien là où il devait. Nous sommes actuellement sur la Route du Sage, qui n'a pas bougé elle non plus, mais nous devrions traverser des plaines. Alors, dit-il en faisant un ample geste de la main pour désigner le paysage alentour, d'où sortent ces montagnes ? Y aurait-il eu un tremblement de terre ?

— C'est à vous de me le dire, répliqua Gisella. Après tout, c'est vous le cartographe.

— Ah non, protesta le kender. Je dessine des cartes mais celle-ci me vient de mon oncle Epinglette. Il m'en a fait cadeau pour mon anniversaire.

Gisella haussa les épaules.

— Peu importe. Même s'il manque quelques villes et quelques montagnes sur ce plan, nous sommes dans la bonne direction et la route est plaisante : c'est l'essentiel.

De fait, la matinée s'était écoulée sans incident. Ils s'étaient levés de bonne heure, avaient nourri les chevaux et déjeuné de baies cueillies par Aviron, puis s'étaient remis en route. Vers midi, ils étaient passés devant le village de Que-shu. Peu de temps après, Tass avait repéré à l'horizon les fameuses montagnes qui allait faire l'objet d'une longue controverse.

— On dirait que ça redescend, intervint Aviron.

Le visage du kender s'éclaira.

— Oh, alors ce n'était qu'une petite chaîne de rien du tout ! Ça explique sans doute pourquoi elle n'est pas indiquée sur ma carte !

Effectivement, le terrain s'inclinait sous les roues du chariot ; Gisella dut tirer sur les rênes pour ne pas que les chevaux s'emballent. Peu de temps après, les conifères cédèrent la place aux érables et aux chênes des collines, et la route redevint plate.

— A partir d'ici, c'est tout droit jusqu'à Xak Tsaroth, annonça Tass.

Gisella lâcha la bride à ses chevaux qui se mirent à galoper en faisant jaillir des nuages de poussière sous leurs sabots. Tass, ravi, s'accrocha à son siège. Puis il crut apercevoir quelque chose devant eux.

— Regardez ! dit-il, pointant un index vers l'horizon

Comme tous les nains, Gisella y voyait moins bien de jour que de nuit ; elle ne pouvait utiliser son infravision en plein soleil. Elle eut beau plisser les yeux, elle ne distingua aucun danger et ne jugea donc pas utile de faire ralentir le chariot.

Ce que Tass voulait montrer, c'était que la route se terminait abruptement une cinquantaine de pas plus loin, comme si les cantonniers en avaient soudain eu assez de leur métier et étaient partis chercher fortune ailleurs. Avant que Gisella réalise ce qu'elle faisait, les chevaux s'étaient jetés tête la première dans un marécage et freinaient aussi brutalement que le terrain glissant le leur permettait.

Tass s'envola et atterrit dans une grande flaque de boue. Il se releva, jetant un regard dégoûté à son pantalon, puis se dirigea vers le chariot en se secouant comme un chien mouillé.

Aviron avait réussi à s'accrocher au banc du conducteur ; il en descendit pour tenter de calmer les chevaux affolés.

— Oh non ! Mes vêtements sont foutus !

Assise dans la boue qui la couvrait jusqu'à la taille, Gisella examinait avec horreur les quelques pouces de tissu orange, seuls rescapés de sa tunique. Une grenouille bondit sur son épaule ; la naine sursauta et poussa un cri perçant.

Ecartant une mèche de cheveux gluants de son visage furibond, elle se tourna vers Tass :

— Et ce marécage, il n'était pas sur votre carte non plus ? Ou est-ce votre côté farceur qui reprend le dessus ?

*
* *

Gisella s'assit dans l'herbe et ôta ses bottes pour en retirer la boue.

— Je n'arriverai jamais à les ravoir, grommela-t-elle. Et je les avais échangées contre une des meilleures nuits de ma...

Levant les yeux, elle vit les deux visages curieux et innocents de Tass et Aviron qui la contemplaient, attendant la suite. Secouant la tête, résigné, elle conclut :

— Enfin, peu importe.

La naine enfila une tunique violette et de simples

bottes noires. Quant à Tass, son pantalon lui collait à la peau et le grattait, mais il n'en avait pas de rechange.

— Je suppose que nous allons devoir faire demi-tour et prendre la route du sud, se lamenta Gisella. Nous n'arriverons jamais à Kenderfoule à temps pour la fête. (Elle poussa un soupir à fendre l'âme.) Ah, mes pauvres melons... J'aurais pu renouveler toute ma garde-robe avec l'argent qu'ils m'auraient rapporté.

— Il y a peut-être une solution, intervint Aviron. Nous pourrions traverser le marécage.

Gisella fronça les sourcils.

— Est-ce que tu te paierais ma tête, mon garçon ?

— Non, ma dame. Mais pendant que vous vous changiez, j'ai détaché les chevaux et exploré les environs. Apparemment, l'eau ne monte pas à plus d'un pied. A certains endroits elle est même moins profonde.

— Ma pauvre tête, gémit la naine. Vous allez me rendre folle, Racle-Pieds et toi. Bon, on peut toujours essayer...

Elle remonta sur le siège du conducteur et s'empara des rênes ; Tass s'assit à côté d'elle tandis qu'Aviron prenait les chevaux par la bride. Lentement, l'attelage se mit en branle.

Aviron gardait les yeux fixés sur ses pieds. A chaque pas, l'effet de ventouse de la boue menaçait de lui arracher ses bottes ; il dut recroqueviller ses orteils à l'intérieur pour ne pas les perdre. L'atmosphère était très humide, et sa tunique lui collait à la peau. Mais ce n'était qu'un inconvénient mineur comparé aux moustiques et aux serpents d'eau qui le harcelaient...

A cinq cents pas environ se dressait un vaste bosquet ; il se dirigea vers les arbres, espérant de tout son cœur qu'ils marquaient la fin du marécage.

— J'aimerais savoir d'où vient toute cette eau, dit Gisella. Nous n'avons vu ni lacs ni rivières depuis que nous avons franchi Que-shu.

Tass déroula sa carte.

— Elle doit venir de ce torrent, juste au nord de Xak Tsaroth.

Gisella ricana.

— Oui, eh bien moi, je refuse de me servir plus longtemps de ce torchon, sauf peut-être pour envelopper des maquereaux.

Indigné, Tass ouvrit la bouche pour répliquer.

Aviron s'arrêta et pencha la tête de côté.

— Vous entendez ? demanda-t-il.

Tass et Gisella se turent et tendirent l'oreille. Quelque part devant eux retentissait très distinctement un bruit d'eau.

— Ha, ha ! s'exclama Tass, triomphant. J'avais encore raison ! C'est bien un torrent !

Mais Aviron fit la moue.

— Ça me semble un peu bruyant pour un simple torrent, dit-il avec prudence.

— Un seul moyen de s'en assurer, rétorqua Gisella. Continuons jusqu'à ce bosquet.

Lorsqu'ils furent parvenus à la lisière des arbres, Aviron lâcha la bride des chevaux et partit en éclaireur. Il réapparut quelques instants plus tard, blanc comme un linge.

— Il y a de l'eau partout, lâcha-t-il dans un souffle. On n'en voit pas la fin.

Gisella se tourna vers Tass, l'air menaçant.

— Votre oncle Bertie avait vraiment très mauvaise mémoire pour oublier un océan.

CHAPITRE VI

— Silence, ou je fais évacuer la salle ! hurla Méridon Météo en frappant la lourde table de chêne.

En tant que maire de Kenderfoule, il dirigeait le conseil municipal qui se réunissait tous les cinq jeudis et chaque mardi dont la date comportait un deux. Tous les vendredis impairs, il tenait audience, c'est-à-dire qu'il jugeait les criminels et tentait de résoudre les conflits domestiques. Aujourd'hui, on était justement un vendredi impair.

Le maire avait toujours beaucoup de mal à réunir assez de personnes pour servir de jurés. Bien que le Conseil de Kenderfoule ne comportât pas moins de soixante-trois membres, ils oubliaient systématiquement de venir, ou trouvaient toujours quelque chose de plus intéressant à faire.

Méridon Météo s'épongea le front. A force de payer de sa personne, il avait traîné cinq jurés jusqu'à la salle d'audience mais cet effort l'avait littéralement épuisé. Malgré la sueur qui dégoulinait le long de ses favoris (signe indiscutable de son appartenance à la noblesse), il frissonna et serra les pans de sa robe pourpre autour de lui.

La salle du Conseil n'avait que trois murs, ce qui assurait une belle vue mais comportait parfois quelques inconvénients thermiques, surtout à l'approche de l'hiver. Elle se dressait au second étage de l'Hôtel de Ville, qui en comptait quatre et abritait toute l'administration de Kenderfoule. Or, une tradition kender voulait que chaque étage d'un bâtiment soit moins fini que le précédent, de façon à ce que le dernier semble encore en cours de construction.

Les kenders étaient très portés sur la politique, mais aucune cause ne leur tenait autant à cœur que celle du changement perpétuel. Méridon Météo était le mille trois cent quatre-vingt-dix-septième maire de la ville, et tous ses prédécesseurs n'avaient pas forcément appartenu au peuple kender. Le quarante-septième, par exemple, était un farfadet du nom de Raleigh. Bien que très compétent (au point de tenir le coup pendant près d'un an !), ce dernier avait fini par donner sa démission après qu'un pot de pièces d'or lui appartenant ait disparu. Depuis, trois siècles s'étaient écoulés, et plus d'un millier de maires avaient porté la robe pourpre symbolique de la fonction. Méridon Météo tenait bon depuis plus d'un mois, ce qui, sans être un record, le plaçait au-dessus de la moyenne.

Il avait été élu par accident. Les citoyens de Kenderfoule avaient pris ses publicités pour des affiches électorales... mais il s'était vite aperçu que la fonction ne lui déplaisait pas. Il appréciait beaucoup la fameuse robe pourpre et ses innombrables poches secrètes.

Parcourant la salle du regard, il se frotta les mains. Ce jour d'audience promettait d'être excitant. Deux vieux kenders à cheveux blancs se disputaient une vache osseuse, chacun d'eux tirant sur une des oreilles de la bête affolée (lesdites oreilles émergeant à grand-peine d'un petit chapeau de paille). Méridon regrettait beaucoup de ne pas les avoir vu faire monter à l'animal le long escalier conduisant à la salle du Conseil.

Un homme et une femme attendaient leur tour. A en juger par la façon dont ils se regardaient, ils devaient être mariés. Une ménagère bien en chair agitait un rouleau à pâtisserie couvert de farine en direction d'un enfant au visage barbouillé. Elle était suivie par un kender d'âge mûr, l'air très paisible, et par deux jeunes filles portant chacune une chaussure rouge de la même paire. Méridon Météo avait hâte d'entendre leur histoire.

— Je déclare l'audience ouverte, dit-il en frappant un nouveau coup de marteau. Qui était ici le premier ?

— Moi !

— Moi !

— Nous !

— Eux !

— Je vais commencer par ces fermiers et leur vache, trancha Méridon.

Les autres plaignants se rassirent en grommelant des commentaires peu élogieux à l'égard de sa mère. Les deux hommes désignés s'avancèrent, se présentant sous les noms respectifs de Chercheur Dunstan et Wembly Sabotier.

— Voilà, Votre Honneur : Dorabelle est à moi et..., commença Chercheur.

— Bossanova est à moi, voleur, et tu le sais bien ! l'interrompit son voisin. Dorabelle ! Quel nom stupide pour une vache ! C'est comme le ridicule chapeau de paille que tu lui as mis ! Elle préfère de loin qu'on lui accroche des plumes aux oreilles !

— Ah, ça, tu t'y connais en matière de ridicule ! Tu me l'as prise dans mon champ...

— Mais c'était toi qui avais commencé !

— Non, toi, balourd !

— Non, toi, menteur !

Une bagarre éclata : les deux fermiers se sautèrent à la gorge et le reste du public ne tarda pas à plonger dans la mêlée. Le maire et les membres du Conseil ne bougèrent pas de derrière leurs pupitres, encourageant les belligérants.

En fin de compte, ce fut la vache qui résolut le problème en émettant un meuglement pitoyable et en se précipitant vers le mur manquant. Le maire s'étala de tout son long sur sa table et parvint à la rattraper par le collier... juste à temps.

— Si je comprends bien, haleta-t-il sans lâcher prise, vous dites qu'elle vous appartient à tous les deux.

— Non, elle est à moi ! crièrent simultanément les deux fermiers en se jetant sur l'animal apeuré.

Méridon Météo réajusta sa robe pourpre et se rassit. Une idée brillante lui vint à l'esprit.

— Très bien, dans ce cas, vous en aurez chacun la moitié, décréta-t-il.

Les deux kenders le dévisagèrent, incrédules.

— Vous voulez dire qu'on doit la couper en deux ? balbutia enfin Chercheur.

— Non, pas exactement. Mais vous pourriez la partager. Vous, Chercheur, vous l'auriez les jours pairs, et vous, Wembly, les jours impairs.

— Mais son anniversaire tombe un jour impair, gémit Chercheur.

— Et la Journée des Vaches un jour pair ! renchérit Wembly.

— Dans ce cas, vous voilà à égalité, trancha le maire. Au suivant !

— Un jugement brillant, Votre Honneur, lui souffla à l'oreille Arlan Mûrier, qui songeait que le pourpre lui siérait parfaitement au teint.

Méridon Météo se rengorgea et fit signe au plaignant

suivant d'avancer et de présenter sa requête. Un kender d'une cinquantaine d'années fit un pas :

— Votre Honneur, la municipalité a récemment décidé de construire une nouvelle route près de ma maison...

— Laissez-moi deviner, l'interrompit Méridon, qui avait déjà entendu une flopée de plaintes semblables. Les cantonniers sont trop bruyants ? Trop paresseux ? Vos impôts ont trop augmenté ?

Le kender eut l'air surpris.

— Oh, non ! Enfin, les impôts sont toujours trop élevés, non ? Mais les cantonniers étaient plutôt gentils. Heureusement, parce qu'ils ont construit leur route au milieu de mon salon.

— Et alors ? demanda le maire sans sourciller. La municipalité est très occupée, et nous ne pouvons pas penser à informer tout le monde de chacune de nos décisions. (Il soupira.) Vous voudriez sans doute que nous modifiions le tracé de la route ?

Le kender écarquilla les yeux.

— Non, Votre Honneur ! Je n'ai jamais eu autant d'amis, il en vient du monde entier ! Ce que j'aimerais, c'est la permission d'ouvrir une auberge.

Le maire secoua la tête.

— Vous vous êtes trompé d'endroit. Il faut que vous alliez au Département des Permis de Construire. Troisième étage, première porte à droite — ou à gauche, je ne sais plus.

— Mais j'en viens ! s'exclama le kender. Ils m'ont dit de m'adresser à vous !

— Ah bon ? Je suppose qu'ils savent ce qu'ils font, répondit Méridon en haussant les épaules. Permission accordée. Au suivant !

Le nouvel aubergiste repartit en dansant de joie, et le

couple fit un pas en avant. Pendant qu'il exposait son cas, un humain à demi chauve se glissa dans la salle.

*
* *

Phinéas Curick s'assit sur le banc du fond et tenta de calmer les battements de son cœur. Il lui avait fallu plusieurs heures pour arriver jusque-là. Il croyait savoir où se trouvait l'Hôtel de Ville, mais il s'était trompé de rue et avait dû demander son chemin à plusieurs reprises. Résultat : il était sorti de la ville au moins deux fois avant d'arriver à destination.

« — Où se trouve le maire en ce moment ? » avait-il demandé à un jeune kender engoncé dans un uniforme ridiculement petit.

« — Voyons, nous sommes un vendredi d'audience, donc messire, euh... c'est messire Météo ce mois-ci, il me semble... Je n'en suis pas certain. Voyez-vous, je remplace mon frère pour la journée. Bref, notre honorable maire doit se trouver au deuxième étage. Si vous vous dépêchez, vous aurez peut-être la permission de lui parler. »

Phinéas avait grimpé quatre à quatre les marches d'un escalier en colimaçon qui rétrécissait au fil des étages, et s'était introduit dans la salle du Conseil. Comme il n'avait aucune idée de la façon dont se déroulait une audience, il s'était assis pour observer les plaignants.

— Alors je lui ai bien expliqué que c'étaient des gemmes spéciales — mes plus beaux rubis, je les collectionne, vous comprenez —, et qu'il ne devait pas les toucher. Et dès que j'ai eu le dos tourné, devinez ce qu'il a fait ? demanda l'épouse visiblement indignée.

— Il les a touchées ? suggéra le maire en réprimant un bâillement.

— Mais, protesta l'époux, elle laisse ses cailloux là où n'importe qui peut les trouver, alors j'ai préféré les mettre en sûreté.

— Là où n'importe qui peut les trouver ? Elles étaient enfermées dans un coffret caché sous une latte du plancher !

— C'est bien ce que je dis ! Tout le monde sait qu'il faut toujours regarder sous les lattes, n'est-ce pas, messire le maire ?

— Hein, quoi ? demanda Méridon Météo en relevant le nez. (Une seconde auparavant, il était en train d'admirer les magnifiques boucles dorées des souliers du conseiller Barlow Clocheton.) Oh, oui. Eh bien, ma dame, il va falloir trouver une cachette à l'extérieur de chez vous. Au suivant !

Un kender d'âge mûr avança, poussant une brouette remplie de briques. Il expliqua que son voisin avait pris l'habitude de lancer des briques par sa fenêtre, et que celles-ci atterrissaient dans son salon. Il en était d'ailleurs plutôt content, car il leur avait rapidement trouvé un usage. Non, ce qu'il déplorait, c'était que certaines de ces briques traversaient le plancher de son appartement, et qu'il avait du mal à les récupérer ensuite auprès du locataire de l'étage du dessous. Etourdi par ce déluge de paroles, Phinéas posa le menton dans sa main et s'endormit aussitôt.

— Hé, où sont mes souliers ? demanda Barlow Clocheton en jetant un regard noir au maire.

— Oh... (Méridon Météo grommela. Il fouilla dans ses poches et y trouva une paire de bottillons en fourrure à grosse boucle dorée.) Vous devez avoir mis vos pieds dans ma robe. Ils sont très beaux — vos souliers, bien sûr, pas vos pieds.

— Ils peuvent l'être ! s'exclama le conseiller Windorf Lartisan en les arrachant des mains du maire. Ils sont à moi !

— Pas tant que vous ne m'aurez pas apporté les poulets et les oignons que vous me devez en paiement ! rugit Feldon Martel-Caillou en bondissant sur la table pour saisir Windorf à la gorge.

Dans la bagarre qui suivit, le maire récupéra un collier de dents d'animaux, un jeu de dés à six faces et un sachet de bonbons à l'air délicieux. Il eut tout juste le temps de les mettre dans sa poche avant de recevoir sur la tête un coup de son propre marteau.

Phinéas se réveilla en sursaut. Une véritable boule vivante se dirigeait vers sa chaise, bras et jambes volant en tous sens. Il eut à peine le temps de s'écarter pour la laisser passer. La mêlée franchit la porte de la salle à grand-peine et s'éloigna dans le couloir.

Il secoua la tête, dépité : il avait perdu sa matinée, et ne savait toujours pas où se trouvait Epinglette. Il allait sortir lorsqu'il entendit une voix s'élever de derrière le banc des juges :

— Quelle superbe audience !

La queue-de-cheval en bataille, Méridon Météo se redressa.

— Bonjour ! dit-il en apercevant Phinéas au fond de la salle.

— Bonjour, Votre Honneur, répondit poliment l'interpellé.

— Tiens, c'est bizarre, dit le maire en baissant les yeux sur ses vêtements.

Au cours de la bagarre, sa robe pourpre avait disparu. Il portait maintenant une cape bleue exactement semblable à celle qu'arborait Feldon Martel-Caillou au début de l'audience.

Phinéas s'approcha.

— Votre Honneur, j'ai cru comprendre que vous saviez où je pourrais trouver une personne du nom de, euh... Epinglette Pieds-Poilus.

— Je connais beaucoup d'Epinglette, vous savez... Pourriez-vous me le décrire ?

— Eh bien, il porte une queue-de-cheval, il a beaucoup de rides et il est assez petit. (*Oui, mais tous les kenders sont comme ça,* songea Phinéas, désespéré.) Euh... Et je crois qu'il collectionne les os rares.

— Cet Epinglette-là ! lança joyeusement le maire. Pourquoi ne l'avez-vous pas dit tout de suite ? C'est mon ami le plus cher ; son neveu est fiancé à ma fille Damaris. Je sais très bien où il est : j'ai dû le faire jeter en prison.

Il n'avait pas l'air d'en éprouver le moindre remords.

— Mais euh... qu'a-t-il fait pour mériter ça ? demanda Phinéas, même si une petite voix dans sa tête lui soufflait qu'il ne comprendrait pas la réponse de toute façon.

— Oh, *lui* n'a rien fait. C'est son neveu qui est en retard pour le mariage, alors nous avons envoyé une chasseuse de primes à sa recherche, c'est la procédure légale, vous comprenez. Pour être certain qu'il reviendra, nous avons emprisonné son oncle préféré. Et maintenant, si vous voulez bien m'excuser, je crois que je vais m'évanouir, dit le maire en vacillant.

— Mais Epinglette me doit de l'argent, Votre Honneur. Il faut absolument que je le voie ! le pressa Phinéas.

— Je vous l'ai dit, il est en prison, murmura Méridon Météo. Au palais. Nous donnons une réception ce soir. Venez avec un costume bleu, ça ira bien avec ma nouvelle cape.

Puis il posa la joue sur son pupitre et s'endormit.

CHAPITRE VI

— Un océan ? répéta Tass, les yeux écarquillés. Tu en es sûr, Aviron ?

— Eh bien, je ne parierais pas ma dernière pièce d'argent dessus, concéda le jeune homme. C'est peut-être juste une mer. Comment le savoir, sans carte ?

Gisella sauta à terre et bondit vers le bosquet, accrochant les manches de sa tunique à une branche.

— Zut ! Encore quelques lieues dans ces conditions, et toute ma garde-robe va y passer ! s'exclama-t-elle.

Tass lui emboîta le pas. Une minute plus tard, tous deux émergeaient au sommet d'une falaise d'ardoise contre laquelle venaient s'écraser des vagues d'un gris verdâtre. Quelques goélands planaient dans le ciel.

— Je crois qu'Aviron a bien résumé la situation, hasarda Tass. (Il haussa les sourcils.) Je me demande comment la première personne qui dessine une carte peut distinguer une mer d'un océan... ou d'un très grand lac ?

— A vous de nous le dire ! aboya Gisella. Moi, je ne suis pas cartographe. Pendant que vous y êtes, expliquez-nous aussi d'où vient toute cette eau. Peut-être était-elle dissimulée par la chaînc de montagnes que votre oncle Bertie a choisi d'ignorer ? Comment comptez-vous nous faire traverser ce truc en chariot ?

— Attendez voir, répondit Tass, fronçant les sourcils pour mieux se concentrer. Nous avons dû dévier de notre route en franchissant ce marécage. Il nous suffit de remonter vers Xak Tsaroth ; quelqu'un pourra sûrement nous y renseigner !

— Mouais, grommela Gisella, à condition de trouver Xak Tsaroth. (Elle se frotta les yeux, fatiguée.) Pour le moment, je refuse de faire un pas de plus. Nous allons camper ici. Aviron, sois un amour : va me chercher le chariot.

— Tout de suite, dame Cornebière.

Gisella se rapprocha du bord de la falaise, croisa ses bras sur son ample poitrine et soupira :

— Toute cette eau, et je ne peux même pas prendre un bain !

*
* *

Tasslehoff dormait paisiblement près des cendres du feu de camp, lorsque qu'un grattement le réveilla en sursaut. Dans la lumière incertaine de l'aube, il aperçut trois paires de grands yeux qui le regardaient fixement, tapis sous le chariot. Le kender bondit sur ses pieds, saisit son bâton et s'efforça de prendre une posture menaçante.

— Qui que vous soyez, n'approchez pas !

Lentement, il recula jusqu'à Aviron et lui donna un coup de pied dans les côtes. Le jeune humain grogna, se redressa sur les coudes et ouvrit de petits yeux ensommeillés. Apercevant Tass en position de combat, il se leva d'un bond et regarda frénétiquement autour de lui.

La porte du chariot s'ouvrit à la volée et Gisella apparut dans l'encadrement, vêtue d'une nuisette de soie rouge vaporeuse. Quelques gloussements se firent entendre sous ses pieds.

— Au nom du ciel ! gémit la naine. Qu'est-ce qui se passe encore ? (Elle descendit du chariot, se retourna, se baissa et agita les mains en direction des trois paires d'yeux.) Bouh ! Allez, les bestioles, foutez-moi le camp !

— Dame Cornebière, attention ! Nous sommes attaqués ! cria Aviron en brandissant un long bout de bois.

— Attaqués ? Par des nains des ravins ? Ne sois pas ridicule ! répliqua sèchement Gisella. Ils sont peut-être agaçants, mais pas dangereux. Allez, vous autres, du balai ! Bouh !

Elle agita le bas de sa chemise de nuit comme une fermière son tablier.

— Des nains des ravins ? demanda Tass en baissant son bâton.

Il fit un pas en avant et se pencha pour observer le dessous du chariot. Une dizaine de petites créatures en sortirent lentement, regardant Gisella comme des pigeons en quête de miettes de pain.

Flint, le nain des montagnes, avait appris à Tass que les nains des ravins, ou Aghars, constituait la classe sociale la plus basse de leur société. Ils avaient un fort esprit de clan qui leur permettait de survivre dans les endroits les plus immondes. Tass n'en avait encore jamais vu à l'état naturel ; quelques marchands de Kenderfoule avaient bien essayé d'en recruter comme domestiques, mais ils l'avaient vite regretté : les nains des ravins semblaient attirer comme par magie la crasse et la poussière. Ils avaient un gros nez bulbeux, une moustache et des cheveux en bataille. Les mâles portaient des pantalons crasseux maintenus par un bout de corde, et les femelles des robes en forme de sac. Tous avaient des chaussures de plusieurs pointures trop grandes pour eux.

— Débarrasse-nous d'eux, Aviron, mon chou, demanda Gisella avec un sourire charmeur.

Le jeune humain regardait les nains des ravins, hébété. Il en arrivait de partout.

— Comment voulez-vous que je fasse, ma dame ? balbutia-t-il.

— Je ne sais pas ! C'est toi, l'homme ! Agite ton épée dans leur direction ! Rote-leur à la figure ! cria Gisella, exaspérée.

Les nains des ravins se rapprochaient d'elle. L'un d'eux tendit une main vers ses boucles rousses.

— Pas touche ! s'exclama la naine d'un air dégoûté. Elle recula vers le chariot.

— Où toi eu tes cheveux ? demanda le petit être.

— Nulle part ! Il ont poussé sur ma tête, c'est tout ! répondit Gisella en lui donnant une tape sur les doigts.

Le nain des ravins secoua la tête.

— Non. Vrais cheveux pas de cette couleur.

Gisella rougit.

— Je vous assure qu'ils sont parfaitement naturels. Les vôtres seraient euh... très beaux aussi si vous en preniez un peu plus soin.

Le nain des ravins sourit, révélant une rangée de chicots noirs.

— Jolis cheveux. Toi très belle.

— M-merci, répondit la naine, hésitante.

— C'est amusant..., je voulais vous poser la même question depuis longtemps, intervint Tass de sa voix flûtée. Je veux dire... s'agit-il de votre vraie couleur de cheveux ? Personnellement, je n'ai rien contre les cosmétiques. Quand j'étais plus jeune, je m'étais même dessiné des rides au crayon. Bien sûr, je n'avais pas utilisé un crayon rouge...

Gisella le foudroya du regard puis annonça d'un ton glacé :

— Je vais aller m'habiller. Préparez-vous, nous partons dès que possible.

— Partir ? répéta le nain des ravins. Alors vous pas vouloir tour de poulie ?

— Un tour de poulie ? Qu'est-ce que c'est ?

— Fondu te montre, dit le nain en lui prenant la main.

Il l'entraîna au nord de leur campement, et désigna un énorme cyprès penché au-dessus de la falaise.

— Et alors ? C'est juste un vieil arbre ! grommela Gisella, se baissant pour retirer les cailloux de la tendre chair de ses pieds.

Aviron et Tass les rejoignirent, suivis à courte distance par la foule des autres nains des ravins bondissant de joie. Le kender s'approcha du cyprès, escalada prestement son tronc et s'avança vers le bord de la falaise en s'accrochant, la tête en bas comme un petit singe.

— Racle-Pieds, descendez immédiatement de là ! ordonna Gisella. Le Conseil ne me paiera jamais si je lui rapporte un client disloqué.

— C'est gentil à vous de prendre soin de moi.

— Que voyez-vous, messire Racle-Pieds ? demanda Aviron.

— Euh... cinq, non, six poulies reliées entre elles par de grosses cordes, répondit Tass. Ce doit être le truc dont parlait Fondu.

— Mouais, grommela Gisella.

Depuis quand les nains des ravins étaient-ils capables d'inventer des mécanismes élaborés ?

60

Fondu lui fit un grand sourire.

— Pleins de petits hommes venus pour construire poulies. Petits hommes rigolos, dit le nain des ravins en caressant une barbe imaginaire.

Puis il se mit à décrire de grands cercles, frappant le sol de ses pieds et en balançant ses bras de gauche à droite.

Tass éclata de rire au spectacle de cette imitation.

— Peut-être des gnomes. Les gnomes aiment bien construire ce genre de machines. D'un autre côté, physiquement, ils devaient plutôt ressembler à des nains.

— Aucun nain digne de ce nom ne ressemblerait à *ça*, cracha Gisella en observant l'étrange parade.

Aviron, perplexe, se rapprocha de Fondu :

— Vous voulez dire que ces hommes ont installé des poulies et sont repartis ?

Le nain des ravins lui jeta un regard calculateur.

— Non. Eux remonter grosses boîtes d'en bas. Après, eux partir. Toi arrêter poser questions. Toi vouloir tour de poulie ou pas ?

Gisella frissonna.

— Euh, non. Si vous voulez bien nous indiquer la direction de Xak Tsaroth, nous ne vous importunerons pas plus longtemps.

— Toi vouloir aller à Gzaktsarott ? Toi rencontrer le Grand Bulp ! s'exclama joyeusement Fondu.

Les autres nains des ravins se mirent à lancer des poignées de terre en l'air en poussant des cris de joie. Gisella, Tass et Aviron reculèrent, se protégeant les yeux.

— Mais que faites-vous ? toussota la naine.

— Nous heureux ! répondit Fondu. Plus personne aller à Gzaktsarott à part nous, mais toi spéciale. Toi va aimer notre cité souterraine. Belle cité.

— Une cité souterraine ? grimaça Gisella, horrifiée. (Elle se tourna vers Tass.) Je croyais que c'était une grande ville très animée !

— Mais c'est vrai ! se défendit Tass. En tout cas, c'est ce que dit ma carte.

Fronçant les sourcils, il sortit le parchemin de sa poche, s'agenouilla et le déroula sur le sol.

Gisella leva les yeux au ciel.

— Oh, oui ! Votre superbe et si précise carte... Un instant, j'ai failli l'oublier !

Aviron s'accroupit.

— Que veulent dire les lettres P.C. ? demanda-t-il en désignant de l'index le titre de la carte : Krynn P.C.

Gisella bondit sur eux et leur arracha le rouleau.

— Pré-Cataclysme ! Bande d'andouilles ! Ça veut dire Pré-Cataclysme ! Miséricorde ! Depuis le début, nous nous fions à une carte périmée !

— Vraiment ? dit Tass en haussant les sourcils d'un air étonné. Je croyais que P.C. signifiait Positivement Confirmé.

Gisella secoua la tête, éberluée.

— Ça m'apprendra à écouter un kender ! Impossible de traverser l'océan avec un chariot ! Maintenant, je n'ai plus aucune chance d'arriver à Kenderfoule avant la Foire d'Automne. Je vais perdre une fortune !

— Traverser océan avec chariot, dit Fondu.

— Ça va, soupira Gisella, pas la peine de vous moquer de moi en plus.

Elle fit demi-tour et se dirigea vers le camp. Fondu la rattrapa en courant et la saisit par la manche.

— Traverser océan avec chariot, répéta-t-il. Chariot pas flotter, mais bateau oui !

— Qu'est-ce que tu essaies de nous dire, Fondu ? demanda Aviron.

Le nain des ravins lui tira la langue, une vision peu appétissante avant le petit déjeuner.

— Moi dire à jolie dame. Tes cheveux trop bizarres..., ressembler à un plat de nouilles.

Il entraîna Gisella vers le bord de la falaise.

— Toi voir ? Bateau.

— Que je sois damnée si..., commença la naine en se penchant. (Puis elle s'interrompit, éberluée.) Hé, mais il a raison ! Il y a un bateau en bas !

— Faites voir ! cria Tass en se précipitant à son côté. Ah, oui. Mais pourquoi laisser un bateau amarré ici ?

— Je n'en sais rien, répondit Gisella en haussant les épaules. Et de toute façon, je m'en moque. Tout ce que je possède au monde se trouve dans ce chariot, et je n'ai pas l'intention de l'abandonner.

— Mettre chariot dans bateau, expliqua Fondu avec patience.

— Aviron, peux-tu expliquer à cet individu qu'il est impossible de faire descendre une falaise à un chariot ?

— Mais si ! s'exclama Tass, tout excité. Il suffit d'utiliser les poulies !

— Un-tour-de-pou-lies ! Un-tour-de-pou-lies ! se mirent à scander les nains des ravins.

— Attendez un peu, dit Gisella en levant la main. Croyez-vous que nous disposions d'une main-d'œuvre suffisante pour descendre ce chariot sur près de hum... six cents pieds, à vue de nez, pour le charger à bord de cette embarcation ?

— Peut-être, répondit Aviron, mais nous ne devrions pas le faire. Ce serait du vol. Ce bateau ne nous appartient pas plus qu'à eux, ajouta-t-il en désignant du pouce les nains des ravins.

— On ne va pas le voler, intervint Tass, juste l'emprunter. Ses propriétaires ne s'en servent pas pour le moment, et nous ne savons même pas quand ils vont revenir.

— Dans deux jours, dit Fondu en brandissant quatre doigts.

— Et depuis quand sont-ils partis ? interrogea Gisella, les sourcils froncés.

— Deux jours, répondit le nain des ravins en levant tous ses doigts.

Gisella, Tass et Aviron s'entre-regardèrent.

— Combien êtes-vous ? hasarda le jeune humain.

Fondu jeta un coup d'œil à ses vingt camarades et sourit.

— Deux.

Aviron leva les yeux au ciel.

— Bon, on ne s'en sortira pas comme ça, dit résolument Gisella. Aviron, toi qui es doué pour les trucs techniques, dis-moi de quoi nous aurions besoin pour faire « un tour de poulie » ?

Aviron s'accroupit et commença à tracer des symboles dans la terre avec un bâton. Aussitôt, tous les nains des ravins entreprirent de l'imiter. Une minute plus tard, le jeune homme se releva.

— Alors ? demanda Gisella, impatiente.

— Je pense qu'il nous faudra à peu près un millier d'aunes de corde et une douzaine d'hommes forts.

— C'est bien ce que je pensais. Complètement irréalisable ! s'écria Gisella en levant les bras au ciel.

— Pourquoi ? demanda Tass. Je suis sûr que Fondu et ses amis voudront bien nous aider.

Le nain des ravins fit un immense sourire.

— Nous toujours contents faire hisse-et-ho. Hisse-et-ho très rigolo. Nous beaucoup hisser — et hoher encore plus — pour petits hommes.

— C'est très gentil à vous, Fondu, répondit Gisella. Je suppose que vous allez aussi me dire où trouver un millier d'aunes de corde ?

— Oui ! s'exclama le nain des ravins, rayonnant.

Moi en avoir une. Une très grande. Petits hommes l'ont cachée en partant, mais moi l'avoir trouvée.

Gisella lui jeta un regard admiratif et battit des cils.

— Oh, accepteriez-vous de me montrer où elle est ? Fondu lui saisit la main, tout excité.

— Venir avec moi ! cria-t-il en l'entraînant vers un arbre énorme.

Dans sa précipitation, il faillit trébucher et provoquer une collision avec Tass, Aviron et les vingt autres nains des ravins lancés sur leurs talons.

Une fois arrivé au pied de l'arbre, Fondu se hissa sur la branche la plus basse et disparut dans un trou creusé à même le tronc. Il reparut quelques instants plus tard, tenant l'extrémité d'une énorme corde dans sa main.

— Grande corde pour jolie dame ! s'exclama-t-il, très fier de lui.

Tass le rejoignit en quelques bonds et se pencha à l'intérieur du trou. Lorsqu'il se retourna, son visage était fendu par un grand sourire.

— Le tronc est creux, et quelqu'un y a rangé la plus grande corde que j'aie jamais vue ! Hou ! Si seulement oncle Epinglette était là pour voir ça !

Gisella se frotta les mains, les yeux brillant de contentement.

— Très bien, messieurs les équipiers. Nous allons donc faire un tour de poulie.

*
* *

Il fallut près de trois heures et demie pour sortir la corde de l'arbre et la disposer convenablement. Aviron tenta d'expliquer le fonctionnement du système de poulies à Gisella, puis renonça.

— Une seule chose m'intéresse, le coupa la naine. Tu es sûr que ça va tenir ?

— Raisonnablement sûr.

Gisella regarda son chariot, puis les poulies, puis à nouveau le chariot.

— De toute façon, je n'ai pas le choix, soupira-t-elle. (Elle tapa dans ses mains.) Fondu ? Pouvez-vous mettre vos hommes en place ?

Il ne fallut guère qu'une demi-heure supplémentaire (et un nombre incalculable de bousculades) pour diviser les nains des ravins en quatre équipes de cinq et les envoyer à leur poste. Lorsque ce fut fait, Gisella passa ses troupes en revue.

— Très bien. Aviron, tu t'occupes des cordes. Avec un cheval et cinq nains des ravins pour tirer sur chaque, tu devrais pouvoir faire descendre le chariot tout en douceur. Tass, toi et tes hommes vous guiderez le chariot jusqu'au bord de la falaise (sa gorge se serra à cette pensée) et vous essaierez de le stabiliser pendant la descente. Allons-y !

D'un coup de pied, Tass ôta la pierre qui calait les roues. Lentement, ses équipiers commencèrent à pousser le véhicule vers le précipice. Au moment où les roues avant basculèrent dans le vide, Gisella retint sa respiration. Les cordes des poulies se tendirent, et le tronc du cyprès ploya sous le poids. Les nains des ravins continuèrent à pousser ; le cœur de Gisella battait à tout rompre. Avec un dernier grincement, les roues arrière du chariot franchirent le bord de la falaise, et les nains enfoncèrent les talons dans la terre pour ne pas se laisser entraîner. Le véhicule tomba de quelques pieds, puis se mit à osciller dangereusement. Les jambes flageolantes, Gisella dut s'appuyer à un gros rocher pour ne pas tomber. Petit à petit, les nains cessèrent de glisser et le chariot se stabilisa.

— Bon, dit Gisella en serrant les dents, ça n'était pas si mal. A présent, Aviron, laisse glisser vers le bas. Tout en douceur, tu te souviens ?

— *Mou en douleur*, reprirent les nains, enthousiastes.

Aviron posa une main sur le licol des chevaux et les fit avancer. D'où il était, il ne voyait pas le chariot et devait se fier à Tass pour le guider.

— D'accord... Ralentis un peu... l'arrière est trop haut... Non, trop bas... trop bas... Hé, il faut relever l'arrière !

Gisella se précipita vers le bord de la falaise.

— Que se passe-t-il ? s'écria-t-elle, paniquée.

Le chariot avait déjà parcouru une centaine de pieds, mais l'une des cordées de nains avançait plus vite que l'autre, si bien que l'arrière du véhicule était surélevé d'au moins cinq pieds.

— Hé, c'est tout de travers ! s'exclama-t-elle en levant les bras au ciel. J'entends les bouteilles se briser d'ici ! Redressez ! Redressez !

Mais les nains continuèrent leur progression erratique. Aviron lâcha la bride du cheval le plus lent et tira désespérément sur celle du plus rapide. En vain.

Un grand bruit s'éleva du chariot, comme si quelque chose s'était détaché à l'intérieur. Gisella se boucha les oreilles. Un nouveau choc, et les portes arrière s'ouvrirent. Les mains de Gisella volèrent vers ses yeux. Un essaim de melons, de coussins et de vêtements aux couleurs chatoyantes s'échappa du chariot et descendit en spirale vers le rivage.

Le chariot était presque à la verticale ; une des chemises de nuit de Gisella, accrochée à une marche, flottait au vent comme un drapeau vaporeux. Aviron ordonna aux nains de s'arrêter, puis força les retardataires à rattraper l'autre cordée. Finalement, Tass annonça que le chariot était de nouveau d'aplomb.

Levant les yeux vers Gisella, il dit avec gentillesse :

— Euh... ce n'est peut-être pas aussi terrible qu'il y paraît.

Mais la naine gardait le regard obstinément fixé sur l'horizon. Tass soupira et cria à Aviron :

— On recommence. Pas la peine de prendre autant de précautions maintenant, il ne doit pas rester grand-chose à l'intérieur.

Gisella tituba jusqu'à une grosse racine d'arbre, se laissa tomber dessus et entama un long monologue composé de chiffres plutôt que de mots. Visiblement, elle tentait de calculer les pertes des dix dernières minutes.

— Ralentissez, prévint Tass comme le chariot approchait du sol.

Mais les nains des ravins ne parvinrent pas à freiner la descente. Aviron rentra la tête dans les épaules en attendant le choc. Le chariot s'écrasa plus qu'il ne se posa sur le rivage. Le jeune homme attendit quelques secondes et risqua un coup d'œil en direction du kender.

— Quel atterrissage ! s'exclama Tass tout joyeux. Les roues ont l'air un peu tordues, mais le reste a bien résisté.

Aviron poussa un soupir de soulagement et s'effondra contre un des chevaux. Tass s'approcha de Gisella.

— Voilà, c'est fini. Je vais descendre le long d'une des cordes et la détacher pour qu'on puisse déplacer les chevaux.

Gisella ne répondit pas. *Qui ne dit mot consent*, songea Tass en se dirigeant à nouveau vers la falaise.

— Comment va dame Cornebière ? demanda Aviron, anxieux.

— Oh, ça va aller, je suppose, répondit Tass en haussant les épaules. Elle a juste besoin de se reposer un peu. Dommage que tu aies raté ça ! Ces fichus trucs qui volaient de partout !

— Elle ne voudra plus jamais m'adresser la parole, se lamenta le jeune homme. J'aurai déjà de la chance si elle ne m'abandonne pas ici avec les nains des ravins. Je ne saurai jamais rentrer chez moi tout seul !

— Je pourrais te laisser une carte, offrit gentiment le kender.

Aviron pâlit. Tass entreprit de se défaire de ses sacoches et de son équipement.

— De toute façon, ce n'était pas ta faute, ajouta-t-il. Je suis certain que Gisella ne t'en voudra pas. Elle est simplement un peu déprimée. C'est assez courant chez les nains. On dirait qu'ils ne peuvent pas s'en empêcher.

Lorsqu'il ne fut plus vêtu que de son pantalon, de sa tunique et de ses chaussures, Tass escalada le tronc du cyprès et enroula une corde autour de sa taille.

— Bonne chance ! lui dit Aviron.

— Toi aussi, répondit Tass en agitant la main.

Puis il entama sa descente vers le bateau, six cents pieds plus bas.

CHAPITRE VIII

Dans la rue encore déserte devant son épicerie, Wilbur Poil-de-Crapaud se préparait pour la ruée matinale. Il était en train de disposer ses tomates — côté abîmé vers le dessous — lorsqu'il remarqua le corps effondré sur un banc, devant la mercerie.

Il s'approcha. L'humain respirait encore. Visiblement, il avait passé une mauvaise nuit. Son chapeau était trop petit pour son crâne chauve, ses poches toutes retournées, son pantalon déchiré aux genoux, et son visage couvert d'une couche de terre. Mais surtout... sa botte droite gisait dans une flaque de boue. Wilbur Poil-de-Crapaud fronça les sourcils.

— Il devrait être plus prudent. Sa botte va être trempée et se recroqueviller comme un vieux raisin sec. Je ne peux pas laisser faire ça.

Il se pencha, souleva le pied de l'homme et le déchaussa prestement.

— Je vais la lui garder au sec dans ma boutique, murmura-t-il, satisfait de sa bonne action.

La botte était si jolie qu'elle méritait une bonne protection : il décida donc de la placer dans la cantine métallique fermée à clé qu'il gardait sous son comptoir. Il allait s'emparer de la seconde pour qu'elles ne soient pas séparées, lorsque l'homme remua dans son sommeil. Wilbur se dirigea vers sa boutique sur la pointe des pieds, la botte serrée contre sa poitrine.

*
* *

Phinéas Curick cligna des yeux. Son pied droit était très froid, et humide aussi, ce qui signifiait...

L'os ! Il avait mis un os de rat dans une de ses bottes, afin de le vendre à Epinglette en échange de la seconde moitié de la carte. Il se redressa, fouilla frénétiquement sa botte gauche et poussa un soupir de soulagement. Il avait frôlé le désastre.

Phinéas s'examina de plus près. Il ne fut guère surpris de constater qu'on lui avait volé sa botte droite. Voyant ses poches retournées, il se souvint qu'il avait perdu tout son argent la veille. Pour le reste, il était à peu près entier. Un chapeau ridiculement petit — et qu'il n'avait pas souvenir d'avoir acheté — était tombé à côté de lui.

Kenderfoule était le genre de ville dans laquelle on pouvait passer sa vie sans jamais quitter son quartier. Tout ce dont on avait besoin se trouvait à portée de main. Résultat : Phinéas avait oublié à quel point la cité, dans son ensemble, pouvait être déroutante.

Il n'existait aucune rue normale à Kenderfoule. La plupart s'achevaient là où les cantonniers en avaient assez de travailler, ou là où quelqu'un décidait de construire un bâtiment. Ainsi, la ville était un véritable labyrinthe de ruelles qui se terminaient dans le couloir d'un bâtiment pour reprendre de l'autre côté. Des panneaux indicateurs se dressaient à chaque croisement, précisant le nom des rues ou le chemin menant à la maison des célébrités locales. Ils auraient été très utiles si on avait pris la peine de les mettre à jour, lorsqu'on construisait une nouvelle rue ou qu'on en interrompait une. Malheureusement, ce n'était pas le cas et il était fréquent de rencontrer deux flèches pointées dans des directions opposées et indiquant toutes deux : « Le Palais ».

C'est ainsi que Phinéas en avait été réduit à passer la nuit sur un banc, après avoir cherché son chemin pendant toute une journée.

L'humain se leva, étouffa un bâillement et se dirigea vers un sympathique épicier debout sur le pas de sa porte, auquel il mendia une pomme. Puis il s'éloigna dans la rue en clopinant, sa jambe gauche plus longue d'un talon de botte que sa droite.

Quelques pas plus loin, il aperçut un panneau indiquant le palais qui désignait la boutique d'un fabricant de bougies. Fronçant les sourcils, il s'en approcha, entra.

— Bonjour, lui dit une kender d'âge mûr, assise derrière son comptoir. Vous avez de la chance..., mon premier client du matin a droit à une réduction sur les chandelles en cire d'abeille. Elles coûtent une pièce de cuivre chacune, mais je vous laisse les trois pour six pièces.

— Euh, non, merci, répondit Phinéas. J'aimerais juste savoir pourquoi le panneau indique qu'il faut passer par votre boutique pour aller au palais.

— Parce que c'est le meilleur raccourci pendant la journée. Sinon, il vous faudrait retourner jusqu'à l'Hôtel de Ville, prendre une fois à gauche, et puis encore cinq ou six fois à droite. Vous n'en auriez guère que pour une demi-journée.

— Le raccourci m'ira très bien, merci, dit précipitamment Phinéas. Par où dois-je passer ?

— Par la fenêtre, là-bas. Vous sortirez dans la rue des Groseilles, ou des Fraisiers, je ne sais plus. Continuez jusqu'à la statue de quelqu'un, enfin, c'est peut-être un arbre : les deux se ressemblent tellement ! Puis tournez à droite, le palais est au bout de la rue. (Elle tendit sa main, paume en l'air.) Ça fera dix pièces de cuivre.

— Dix pièces de cuivre ? s'exclama Phinéas. Pour me laisser passer par une fenêtre et me dire que les statues et les arbres c'est du pareil au même ?

— Comme vous voulez, mais la route est longue jusqu'à l'Hôtel de Ville, répondit la femme en souriant.

— Et puis, ajouta Phinéas, l'air sombre, je n'ai pas d'argent sur moi.

Elle baissa les yeux vers ses pieds.

— Mais vous avez une très jolie botte.

Phinéas commença à se déchausser en grommelant.

— Oui, j'en avais même une deuxième il n'y a pas si longtemps.

Il glissa discrètement l'os de rat dans le revers de sa manche et tendit la botte à la propriétaire.

— Merci. Tenez, pour le même prix, je vais vous offrir une bougie, dit-elle en lui fourrant une grosse chandelle dans la main.

Je pourrai peut-être m'en servir pour faire des bouchons d'oreille, songea Phinéas en escaladant la fenêtre.

Pendant un moment, il suivit la Rue des Groseilles, qui se transforma sans crier gare en Boulevard des Fraisiers. Il traversa ensuite un square au centre duquel se trouvait un arbre perché sur un socle. Ou était-ce une statue ? *Au secours,* se dit-il, *je commence à raisonner comme un kender !* Il frappa du poing l'objet de ses préoccupations. De la pierre. C'était donc la statue d'un arbre. Il passa, prit la première rue à droite. Devant lui se dressait le bâtiment le moins kender qu'il ait jamais vu.

Tout d'abord, il avait l'air terminé et fonctionnel —

au moins de loin —, ce qui était une grande première. Ensuite, il n'appartenait pas au courant « accumulation de caisses et de barriques à grande échelle » que la plupart des architectes kenders semblaient affectionner. On pouvait même dire qu'il était magnifique, avec son dôme central entouré de minarets et ses arches de marbre blanc. A son pied s'étendaient un grand bassin et un jardin de toute beauté, aux haies taillées en forme d'animaux.

En fait, le palais présentait une telle symétrie que Phinéas se demanda, l'espace d'un instant, s'il n'était pas sorti de Kenderfoule. Puis il vit un kender à cheveux blancs, portant de hautes bottes couvertes de boue, qui se dirigeait vers une haie en forme d'ours.

— Euh, excusez-moi, balbutia Phinéas. Est-ce que c'est bien le palais ? Vous comprenez, ça fait deux jours que je cherche, et...

— Deux jours ? Vous avez commencé à Silvanost ou quoi ? Il y a des panneaux partout !

— Je sais, soupira Phinéas. Je les ai tous vus, mais le seul qui m'a aidé, c'est celui qui m'a fait traverser la boutique d'une marchande de bougies.

— Oui, je connais cette boutique ! répondit le jardinier en hochant la tête. C'est un très bon raccourci. Et j'aime arriver là-bas tôt le matin pour profiter de la promotion sur les chandelles en cire d'abeille. (Il se pencha pour arracher une mauvaise herbe et fronça les sourcils.) Dites, vous savez que vous êtes pieds nus ?

Phinéas fit un geste impatient de la main.

— Oui, oui. Dites-moi, le maire vit là-dedans ? C'est drôlement grand !

— Oh non, il a une maison à lui. Seuls les prisonniers séjournent parfois ici.

— Ça tombe bien ! s'exclama Phinéas.

— Pourquoi, vous venez vous constituer prisonnier ?

— Non. (Il réfléchit quelques instants.) A vrai dire,

je cherche un dénommé Epinglette Pieds-Poilus, qui doit être enfermé ici.

— Vous avez de la chance, le voici à cette fenêtre, au deuxième étage.

Phinéas leva les yeux. C'était bien son étrange client, qui se curait les ongles avec un petit couteau. Un air ébahi dut se peindre sur son visage, car le jardinier ajouta :

— Oui, je sais, c'est étonnant. Mais vous comprenez, la suite royale du troisième était déjà occupée par des visiteurs de Balifor.

— Je vois, mentit Phinéas. Et, euh... comment puis-je lui parler ?

— Avec votre bouche, je suppose... A moins que vous ayez une meilleure idée. Prenez cette porte et montez l'escalier à votre gauche.

— Merci.

Phinéas pénétra dans le palais et fut immédiatement frappé par le silence et l'impression de tranquillité qui s'en dégageaient. Le marbre était agréablement frais sous ses pieds meurtris. Il commença à grimper. Il était à peine arrivé au premier étage lorsqu'une voix l'interpella :

— Bonjour ! Vous cherchez quelqu'un ? Il n'y a personne d'autre ici que quelques snobs de Balifor. Ce ne sont pas des amis à vous, j'espère ?

Phinéas leva la tête. Epinglette Pieds-Poilus était appuyé à la rambarde du second étage, vêtu d'une chemise orange vif, d'un pantalon pourpre et d'un immense chapeau.

— Oh, c'est vous ! s'écria le kender, le reconnaissant.

Il dévala les marches pour venir serrer la main de Phinéas.

— C'est merveilleux de vous revoir ! Comme vous

êtes gentil d'avoir fait tout ce chemin pour venir me rendre visite !

— Vous vous souvenez de moi ? demanda Phinéas, abasourdi.

— Comment aurais-je pu oublier celui qui m'a sauvé la vie ? répliqua Epinglette, légèrement offensé. L'os que vous m'avez donné est superbe, encore plus beau que celui que j'avais avant. Il ne m'est arrivé que des choses merveilleuses depuis que je l'ai.

— C'est justement à son sujet que je suis venu vous voir, messire Pieds-Poilus.

Epinglette écarquilla les yeux de frayeur.

— Vous n'allez pas le reprendre ?

— Bien sûr que non ! le rassura Phinéas. Je suis docteur ; je ne voudrais surtout pas mettre en danger la vie d'un de mes patients. En réalité, dit-il en faisant glisser l'os de rat dans sa paume, je suis venu vous proposer un autre spécimen très intéressant : le sixième métatarse d'un mammouth à poil long. Seul un très grand magicien pourrait vous fournir un charme plus puissant que celui-ci.

Le souffle coupé, Epinglette saisit délicatement le petit os entre le pouce et l'index.

— Je sens déjà ses vibrations positives ! Oh, merci, merci beaucoup ! Si je peux faire quoi que ce soit pour vous...

— Justement, vous pouvez, coupa Phinéas. Vous collectionnez les os, moi les cartes. Celle que vous m'avez donnée l'autre soir est vraiment magnifique. Je me demandais si vous en aviez d'autres de la même période. Surtout, ajouta-t-il prudemment, que celle-là ne montrait que la moitié de Kenderfoule.

Epinglette haussa les sourcils.

— Vous en êtes sûr ? Il ne me semblait pas avoir de demi-cartes. Mais celle que je vous ai donnée me venait d'oncle Bertie. En fait, je ne le connais pas. Je ne suis même pas sûr qu'il soit bien mon oncle et... dites, pour un humain, n'est-ce pas un passe-temps un peu bizarre, de collectionner les cartes ? Dans la famille de mon neveu, ils le font tous, mais ça se comprend parce qu'ils sont cartographes.

Phinéas commençait à avoir mal à la tête. Son boulot, c'était d'escroquer les kenders, pas de chercher à découvrir comment les kenders l'escroquaient.

— Euh oui, c'est un passe-temps un peu particulier, reconnut-il de guerre lasse. Mais je vis parmi vous depuis si longtemps que vos habitudes ont fini par déteindre sur moi. Après l'argent, les cartes me semblent être les choses les plus utiles au monde, surtout celles de Kenderfoule, puisque c'est là que j'habite. Vous êtes certain de ne pas avoir l'autre moitié de celle que vous m'avez donnée ?

Epinglette plongea les mains dans les replis de sa cape et en retira une énorme poignée de parchemins jaunis. —Voyons voir... Flotsam, Garnet, Kalaman, Lemish, la Bibliothèque de Palanthas... Non, je n'ai rien qui corresponde à la lettre K. (Il haussa les épaules.) Ecoutez, si jamais je la retrouve, je vous le ferai savoir. En attendant, choisissez-en une là-dedans.

— Mais je veux celle de Kenderfoule et vous le savez, grogna Phinéas en serrant les poings. Qu'est-ce que vous voulez en échange ? De l'argent ? Un pourcentage ? Donnez votre prix, mais arrêtez de jouer avec moi !

Epinglette haussa les sourcils, étonné.

— Mais je ne veux rien. C'est vous qui voulez quelque chose, rappelez-vous ! Vous avez du mal à réfléchir. Vous êtes sans doute malade. Vous ne devriez pas vous promener ainsi sans chaussures !

— Je sais ! cria Phinéas, exaspéré. Mais je les ai données !

Le visage du kender s'éclaira.

— Donnée ! C'est ça ! Voilà ce que j'en ai fait ! J'ai donné cette carte à mon neveu Tasslehoff Racle-Pieds, il y a quelques années.

— Et où est votre neveu ? demanda Phinéas, le cœur battant.

— Pas à Kenderfoule, j'en ai peur, répondit Epinglette. (Puis, voyant le visage de son interlocuteur se décomposer :) Oh, mais il ne va pas tarder à revenir. Il doit épouser la fille du maire. D'ailleurs, c'est pour ça que je suis en prison.

Phinéas secoua la tête, répétant silencieusement les derniers mots d'Epinglette. Soudain, ses yeux se mirent à briller. *Un kender du nom de Tasslehoff Racle-Pieds possède l'autre moitié de cette carte, et il sera bientôt à Kenderfoule. Tout s'arrange.*

Il s'aperçut alors que le jardinier montait l'escalier. Il tenait un parchemin qu'il tendit à Epinglette. Ce dernier le parcourut rapidement des yeux et annonça :

— Damaris Météo, la fille du maire, s'est enfuie de chez elle. Elle a laissé un message disant qu'elle en avait marre d'attendre quelqu'un qu'elle ne connaissait même pas, et elle est partie chercher fortune dans les Ruines ou ailleurs. Je ne suis donc plus prisonnier : le maire a préféré accorder son pardon à Tasslehoff plutôt que de mettre sa femme en prison en attendant le retour de Damaris. Il dit qu'il va envoyer quelqu'un prévenir le chasseur de primes lancé aux trousses de mon neveu. C'est dommage, parce que je me faisais une joie de le revoir. Bah, dit-il en haussant les épaules, nos chemins finiront bien par se croiser à nouveau.

— Les jeunes d'aujourd'hui n'ont plus le moindre respect pour les traditions, grommela le vieux jardinier. Enfin, il m'aurait étonné que le maire envoie un chasseur de primes aux trousses de sa propre fille.

78

Il s'éloigna en traînant les pieds d'un air désapprobateur.

Phinéas réfléchissait à toute vitesse. Il devait retrouver Damaris et la ramener à Kenderfoule, pour que Tasslehoff soit obligé de revenir aussi. Il n'avait jamais été dans les Ruines, mais il en avait beaucoup entendu parler. C'était l'un des endroits préférés des habitants de la ville.

— Dites, Epinglette, si vous voulez vraiment revoir votre neveu, je peux aller chercher Damaris.

— C'est très gentil à vous, mais pas vraiment nécessaire. Ce genre de choses se produit tout le temps. Les mariages arrangés ne donnent plus grand-chose depuis quelques années.

— Mais j'insiste ! C'est le moins que je puisse faire en échange de la carte.

— Ah, oui ! Bon, si vous voulez. Je n'ai pas été dans les Ruines depuis un bon moment ; ce sera peut-être amusant.

— Oh, mais ce n'est pas la peine de vous déranger ! dit précipitamment Phinéas.

— Si, si ! Vous risquez de vous perdre sans moi. Et puis vous ne savez pas à quoi ressemble Damaris, de toute façon, insista le kender.

Phinéas hocha la tête à contrecœur.

— Très bien, mais j'aimerais me mettre en route aussi vite que possible. Que diriez-vous de cet après-midi ? Ça nous laisse juste le temps de nous préparer.

— Ne vous inquiétez pas, je suis un grand aventurier. J'ai l'habitude de ce genre de choses. Est-ce que je vous ai raconté la fois où je suis presque allé sur une lune ?

CHAPITRE IX

Tasslehoff, Gisella et Aviron étaient assis à la proue du bateau, que la naine persistait à appeler « le bout pointu ». Derrière eux, l'énorme chariot et les chevaux étaient solidement attachés au mât. Les bêtes s'agitaient beaucoup, et même Aviron n'avait pas réussi à les calmer.

— Bon, eh bien allons-y, annonça Gisella. Faisons avancer ce truc.

Aviron lui jeta un regard navré.

— J'ai été élevé dans une ferme, ma dame. Je n'y connais rien en navigation. Je pensais que vous sauriez comment vous y prendre.

Elle poussa un cri horrifié.

— Moi ? Mais les nains détestent l'eau, c'est bien connu !

— J'ai remarqué, intervint Tass. Mon ami Flint — vous vous souvenez de lui ? Il n'y a pas très longtemps, il a eu un accident de bateau. Caramon essayait d'attraper un poisson à mains nues ; comme il est très lourd, quand il s'est levé le bateau a chaviré. Flint ne savait pas nager... Tanis a fini par le repêcher, mais il était tout violet. Il a dit que c'était parce qu'il ne pouvait pas respirer, mais je crois qu'il devait être très en colère parce que l'eau lui donne un lumbago.

— Ah bon ? dit Aviron, l'air étonné. Et comment fait-il pour se soigner ?

— Euh... Il dit que ça aide de se tenir à distance des kenders, marmonna Tass.

— De toute façon, le coupa Gisella, ça ne doit pas être bien difficile. Il suffit d'étendre ce morceau de tissu..., après le bateau va dans la direction où on le met, non ?

Aviron fronça les sourcils.

— Je ne crois pas que ce soit aussi simple.

— Personne ne me demande si je sais naviguer ? intervint Tass.

— Pourquoi, c'est le cas ?

— Evidemment ! Mon oncle Epinglette m'emmenait souvent en mer avec lui ! répondit Tass en bondissant sur ses pieds. En fait, vous n'étiez pas trop loin de la vérité. Il suffit de monter cette chose — ça s'appelle une vergue — en haut du mât, et d'y suspendre la voile. Ensuite, il n'y a plus qu'à diriger le bateau avec cette roue en bois à l'arrière du navire.

— Euh... la roue en bois à la *poupe* s'appelle un gouvernail, dit Aviron d'une toute petite voix.

Tass lui jeta un regard noir.

— Je le sais bien, mais j'essaie de simplifier les choses pour Gisella. Je croyais que tu n'y connaissais rien en navigation ?

Aviron leva les mains pour protester.

— Non, non. Je m'excuse.

— Très bien. Nous n'avons qu'à déterminer la direction du vent, en attraper un peu dans la voile et pointer notre nez vers l'est. Tôt ou tard, nous finirons par trouver quelque chose.

Il lécha son index et le leva au-dessus de sa tête.

Gisella se rapprocha d'Aviron.

— Qu'est-ce qu'il fait ? chuchota-t-elle.

— Il essaie de voir d'où vient le vent.

— On dirait qu'il souffle du nord, annonça Tass.

Le kender se tourna vers Fondu et la demi-douzaine de nains des ravins qui avaient tenu à accompagner la « jolie dame », et qui passaient le temps en faisant un concours de crachats.

— Fondu, fais aligner l'équipage.

Avec un rot retentissant, le nain des ravins fit manœuvrer ses congénères. Tass, les mains derrière le dos, s'efforça de prendre l'air sérieux convenant à un capitaine et se mit à arpenter le pont en désignant les différentes parties du bateau.

— Très bien. Ceci est le... bout... avant, ceci le bout arrière. Les côtés sont là et là. La petite maison s'appelle une cabine : c'est là que nous dormirons. Le gros bâton au milieu est un mât ; nous allons y suspendre un grand morceau de tissu appelé voile. Votre travail consistera à monter et à baisser cette voile en tirant sur les cordes.

Avec des glapissements joyeux, les nains des ravins se précipitèrent vers le mât et commencèrent à tirer indistinctement sur les cordes, la voile ou les vêtements de leurs camarades.

— Non, non, gémit Tass. Pas encore ! Attendez mon signal. Si vous continuez comme ça, le bateau va tomber en morceaux avant d'avoir quitté le rivage. Vous allez faire exactement comme je vous dis...

Plusieurs heures après, un kender n'ayant jamais eu l'habitude de donner des ordres avait réussi à faire monter une voile à sept nains des ravins n'ayant jamais reçu d'ordres d'aucune sorte, et un bateau de quatre-vingts pieds de long prenait enfin la mer.

Gisella et Tass s'assirent sur le toit de la cabine, adossés au bastingage. Aviron s'empara du gouvernail. Il s'éclaircit la gorge et dit d'une voix hésitante :

— Je ne voudrais surtout pas gâcher votre plaisir, mais où allons-nous et comment saurons-nous que nous y sommes arrivés ?

— Eh bien, grogna Tass, il doit y avoir environ sept cents lieues entre ici et Kenderfoule. Donc plus nous couvrirons de terrain — ou d'océan, enfin peu importe — avec ce bateau, mieux ça vaudra. Naviguons vers l'est le plus longtemps possible, et quand il n'y aura plus d'eau, nous mettrons pied à terre. Pour le moment, éloignons-nous des falaises. Lorsqu'elles serons hors de vue, nous nous fierons à la position du soleil pour nous diriger.

— Comment se fait-il que vous soyez si calé en navigation ? demanda Aviron.

— A vrai dire, je n'y connais rien, répondit Tass avec honnêteté. Mais je suis cartographe, et je me sers toujours du soleil pour me repérer sur terre. Il n'y a pas de raison pour que ça ne marche pas en mer.

*
* *

Tôt le lendemain, Aviron aperçut un rivage au nord, et modifia le cap du bateau pour le garder en vue.

— Comme ça, nous verrons mieux à quelle vitesse nous avançons, expliqua-t-il à ses compagnons.

Le troisième jour, le bateau franchit un canal d'une quinzaine de lieues de largeur, qui rétrécit d'abord pour s'ouvrir tout à coup vers l'est.

Cette nuit-là, les nuages dissimulèrent les étoiles. Le matin suivant, le soleil resta caché. Le vent avait considérablement faibli, et les nains des ravins inventèrent un jeu très amusant : ils se mirent à sauter ou à se pousser par-dessus bord, obligeant Aviron et Tasslehoff à leur lancer une corde pour les remonter. Finalement, même le très patient Aviron les menaça de les laisser se noyer s'ils recommençaient ; seul un ordre péremptoire de Gisella, objet de leur adoration sans bornes, réussit à calmer les petites créatures.

Vers midi, le vent se leva et le bateau se mit à fendre les vagues, projetant quantité d'écume sur le pont.

— Si ça continue comme ça, dit Gisella, l'air satisfait, nous ne tarderons pas à arriver quelque part.

Puis elle battit en retraite vers la cabine. Pareils à des canetons, quatre nains des ravins lui emboîtèrent le pas.

— Hé, où croyez-vous aller comme ça ? gronda Tass en saisissant l'un des déserteurs par le collet.

— Moi froid, grogna le nain. Tout mouillé ici. Chaud et sec dans la petite maison.

— Pas question, le réprimanda le kender. Vous êtes des marins à présent, et les marins n'abandonnent pas leur poste pour quelques gouttes d'eau de mer.

A cet instant précis, un grondement de tonnerre retentit à l'horizon, et la pluie se mit à tomber.

— Evidemment, ajouta Tass, d'ici peu nous risquons d'avoir affaire à autre chose que quelques gouttes d'eau de mer.

Indécis, les nains des ravins s'immobilisèrent sur le pont.

— Je sais ! s'exclama le kender. Je vais vous apprendre une chanson de marins.

Il reconduisit les nains à leur poste un par un, en hurlant à tue-tête pour couvrir le bruit des vagues :

— *Que tous les p'tits gars d'la côte*

Fassent leur baluchon et la bise à leur belle.
Larguez les amares, hissez les voiles, levez l'ancre,
Et partons tous unis pour la baie de Balifor.

Quelques minutes plus tard, tous les nains des ravins frappaient du pied en scandant : « Tirez les toiles, pesez l'antre », en se projetant mutuellement dans les airs.

Aviron, qui luttait déjà pour garder le cap, eut peur que les petites créatures ne recommencent à se jeter par-dessus bord. Etant donnée la vitesse actuelle du bateau, il savait qu'il ne pourrait pas s'arrêter pour les récupérer. Il allait appeler Tass pour le prévenir lorsqu'un éclair déchira le ciel, quelques encablures devant lui. Une bourrasque frappa le bateau de plein fouet, faisant une déchirure de plusieurs pieds de long dans sa voile.

Tass saisit l'Aghar le plus proche par l'épaule.

— Il faut baisser la voile ! Tout de suite !

Mais la petite créature se dégagea et courut vers la cabine, trop effrayée pour obéir. Tass parcourut le pont du regard. Tous les nains des ravins rampaient vers l'abri le plus proche ; les chevaux, affolés, hennissaient en tirant sur leur longe et le chariot oscillait dangereusement.

Aviron s'agenouilla, le gouvernail coincé sous son bras droit, et saisit le bastingage à deux mains.

Une seconde bourrasque gonfla la voile comme un ballon et, s'engouffrant dans la déchirure, la coupa en deux. Un long pan de tissu blanc s'envola par-dessus bord.

Une vague très haute vint se fracasser contre le flanc du chariot. Deux des trois cordes qui le maintenaient cédèrent ; le véhicule roula vers le bastingage. Sa porte arrière s'ouvrit sur une Gisella défigurée par la terreur.

— Dame Cornebière ! hurla Aviron.

Le mât se fissura avec un craquement sinistre et s'abattit sur le pont. Brutalement libéré, le chariot défonça le bastingage et bascula dans les flots.

Les chevaux hennirent, affolés, l'écume aux lèvres. Voyant que le bateau était perdu, Aviron lâcha le gouvernail, rampa vers eux et sectionna leurs longes pour ne pas qu'ils coulent avec l'embarcation. Pendant ce temps, les nains des ravins roulaient un peu partout sur le pont ; pour une fois, ils ne semblaient pas trouver ça drôle.

— On va couler ! leur cria Tass. Sautez ! Sautez !

Aviron avait déjà entraîné les chevaux dans l'eau lorsque le kender le rejoignit. Les quelques nains qui restaient encore à bord tombèrent quand le bateau chavira.

Lentement, la coque éventrée s'enfonça dans les flots, sous le regard des rescapés accrochés aux débris du mât. La pluie et le vent firent rage pendant quelques minutes encore, puis se calmèrent. Peu de temps après, le soleil perça les nuages gris.

Fondu rompit enfin le silence.

— Où être jolie dame ? demanda-t-il en regardant d'abord Tass, puis Aviron. Moi pas vu elle.

Les yeux du jeune homme s'embuèrent ; il secoua la tête sans rien dire.

— Elle... elle est partie, Fondu, balbutia Tass. Elle était dans son chariot quand il est passé par-dessus bord.

— Elle revenir quand ?

— J'ai peur qu'elle ne revienne jamais, soupira le kender.

Fondu le regarda sans comprendre, puis ouvrit une bouche immense et se mit à hurler de toute la force de ses poumons :

— Joooooooooooooolie daaaaaaaaaame !

Son nez coulait presque autant que ses yeux.

— Tais-toi ! ordonna Tass, les sourcils froncés.

Il lui semblait avoir entendu une voix au loin, comme si quelqu'un...

— Hou hou !

Tass jeta un coup d'œil par-dessus son épaule. A une centaine de pas de lui, Gisella, assise sur l'eau, agitait un mouchoir rose trempé dans sa direction. Les nains des ravins poussèrent des cris de joie et se mirent à pagayer avec les mains pour la rejoindre.

— Vous ne devinerez jamais ! s'exclama la naine. Mon chariot flotte !

Effectivement, elle se tenait sur le toit du véhicule. Fondu était si heureux de la retrouver qu'il se mit à glapir :

— Que vous les jaunes galets d'entrecôte...

Ses congénères reprirent aussitôt en chœur. L'un cracha une gorgée d'eau à la figure d'un autre, et bientôt tout le petit groupe chantait à tue-tête et riait en s'éclaboussant. Tass fut presque déçu lorsque Gisella se mit debout sur le toit de son chariot et annonça :

— Terre droit devant !

— Enfin un bon présage, soupira Aviron.

— Ce n'est pas un présage, mon garçon, le corrigea la naine. C'est la perspective de vêtements secs, de quelque chose à manger et d'un endroit pour dormir.

Sous ses encouragements chaleureux, les Aghars se mirent à pagayer vers la côte.

CHAPITRE X

Phinéas n'avait pas beaucoup de temps pour retourner à sa boutique se préparer. De plus, il ne connaissait pas le chemin du retour et n'avait toujours pas de chaussures. Il décida donc de faire appel à un kender-taxi : une petite voiturette à bras munie de deux roues et tractée par un kender.

Après avoir monté et descendu quelques escaliers, traversé une cour d'école en pleine récréation et slalomé entre les étals du marché, Phinéas reconnut quelques bâtiments de son quartier. Depuis la veille, il doutait sérieusement de le revoir un jour.

— Je suis arrivé ! cria-t-il à son chauffeur.

Celui-ci pila, et Phinéas se cogna le nez contre la paroi de la voiturette. Il jura, bondit par-dessus bord et se précipita vers son échoppe.

— Hé ! Attendez une minute ! Vous me devez trente pièces de cuivre ! cria le kender en lâchant les bras de son véhicule. Au voleur ! Au voleur !

Tout au long de la rue, plusieurs dizaines de kenders sursautèrent et remirent hâtivement les mains dans leurs poches.

— Attrapez-le ! C'est un tricheur, un va-nu-pieds,

une face d'orc, et il me doit quarante pièces de cuivre !

Phinéas s'arrêta et se retourna, l'air offensé :

— Je vis ici. Je vais vous les chercher, vos vingt pièces de cuivre !

Méfiant, le kender lui emboîta le pas. Phinéas pénétra dans son échoppe. Bien entendu, il n'y avait plus un sou dans la caisse mais il gardait une réserve en cas d'urgence, derrière une des planches du mur de sa salle d'attente.

— Hé, c'est une bonne cachette ! Je n'aurais jamais pensé à chercher là-dessous ! dit le kender, admiratif.

Phinéas ouvrit la petite boîte en métal dans laquelle il rangeait ses pièces. Elle était vide.

— Quelqu'un d'autre y a pensé pour vous, répondit-il, l'air sombre.

Il n'avait plus un sou. Mais qu'importait : il serait bientôt riche !

— Ecoutez, je n'ai pas d'argent et je suis très pressé. Emportez ce que vous voudrez en guise de paiement, dit-il en faisant un geste de la main pour désigner le contenu de la salle d'attente. Et fermez derrière vous en partant.

— Vraiment ? Merci beaucoup ! s'exclama le kender, les yeux brillants.

Mais Phinéas ne l'écoutait déjà plus. Il n'avait pas beaucoup de temps pour se préparer. Il prit une paire de bottes de rechange dans un placard (elles n'étaient pas aussi jolies que celles qu'il avait perdues, mais tant pis !), saisit un sac à dos, fourra sa moitié de carte dedans et monta vers la chambre à coucher pour y choisir des vêtements de rechange.

Pendant qu'il faisait son paquetage, il entendit une porte claquer une première fois, puis une seconde. Un gémissement s'éleva du rez-de-chaussée.

— Allons bon, maugréa Phinéas en redescendant, qu'est-ce qui se passe encore ?

Un humain à la carrure imposante était effondré dans son cabinet, du sang dégoulinant de son flanc droit.

— Qui êtes-vous ? Que vous est-il arrivé ? s'exclama Phinéas en se précipitant vers lui. Il faut aller chercher de l'aide immédiatement !

— C'est bien ce que je fais ! grogna l'homme en serrant les dents. Vous êtes docteur, oui ou non ?

— Moi ? Oh, euh... oui, balbutia Phinéas, pris au dépourvu.

Il avait l'habitude de soigner les migraines et les rages de dents, mais cet homme perdait du sang à chaque seconde. Il se pencha pour examiner sa blessure : une coupure large et profonde, d'environ quatre pouces de long. On aurait dit une entaille faite par une épée (Phinéas ne pouvait que le supposer, car il n'en avait jamais vu de sa vie).

— Qui êtes-vous ?

— Je m'appelle Denzil.

— Denzil comment ?

— Juste Denzil, répondit l'homme, menaçant.

— Très bien. Que vous est-il arrivé ?

— Un simple accident domestique.

— Vous coupez votre viande avec une épée ? grommela Phinéas.

— Qui a parlé d'une épée ? s'exclama le blessé en fronçant les sourcils. Ecoutez, je vous demande de me soigner et de la boucler, c'est compris ?

Phinéas écarta les mains en un geste d'excuse.

— Mais je ne peux pas soigner une blessure pareille. Je ne suis pas, hum... spécialisé dans ce domaine. Il faut que vous trouviez un chirurgien.

— Il n'y en a pas ici. Je refuse de faire confiance à un kender. Et de toute façon, je ne suis plus en état de bouger.

— Mais si, l'encouragea Phinéas, une goutte de sueur perlant sur sa tempe. Je suis certain que...

— En revanche, coupa l'homme en lui jetant un regard noir, je suis encore en état d'étrangler un docteur insuffisamment coopératif.

Phinéas déglutit et hocha la tête.

— D'accord, d'accord.

Il versa un fond d'eau vieille de trois jours dans un bol en bois, et y plongea un torchon à vaisselle sale.

— Je vais faire de mon mieux, mais je vous préviens, ça va vous coûter cher.

— J'ai de quoi payer, répondit froidement le blessé.

— Voudriez-vous le faire d'avance ? hasarda Phinéas, ses réflexes d'homme d'affaires reprenant le dessus.

L'homme grogna et, avec beaucoup de peine, porta sa main à l'intérieur de sa veste. Il en retira une bourse dont il sortit une vingtaine de pièces — une véritable fortune —, et les tendit à Phinéas.

— Maintenant, mettez-vous au travail.

Phinéas saisit une bouteille de vin et la tendit à son patient. Celui-ci renversa la tête en arrière et la vida en quelques gorgées bruyantes.

Phinéas cherchait un moyen de refermer la plaie béante, ou au moins d'arrêter l'hémorragie. Il pensa d'abord à utiliser de la cire chaude, mais rejeta aussitôt cette idée. La cire cautériserait la plaie, mais tomberait au premier mouvement du blessé. Peut-être pourrait-il faire un bandage très serré. Mais comment ? L'entaille était placée de telle sorte qu'il faudrait écraser la cage thoracique de Denzil pour obtenir une pression suffisante, ce dont il se sentait absolument incapable.

Les yeux de Phinéas se posèrent sur les fils que l'herboriste utilisait pour attacher ensemble les feuilles d'eucalyptus, celles-là même qu'il mettait dans son élixir spécial. Une idée folle lui vint à l'esprit, et il fouilla dans un tiroir jusqu'à ce qu'il trouve l'aiguille avec laquelle il recousait ses vêtements. Il l'essuya furtivement sur sa manche. De toute façon, Denzil s'était évanoui et ne risquait pas de lui reprocher quoi que ce soit.

Phinéas pinça les deux bords de la blessure pour les rapprocher, et se mit à les coudre ensemble de son plus beau point de croix. Il se concentrait très fort pour ne surtout pas laisser son esprit vagabonder sur des choses déplaisantes, comme ce qu'il ressentirait, lui, si on lui appliquait le même traitement. Il cligna des yeux pour chasser les gouttes de sueur qui dégoulinaient de son front.

Denzil gémit et s'agita un peu dans son siège. Phinéas termina en hâte ses deux derniers points et fit un nœud. Son patient ouvrit les yeux, inspira et leva le bras pour inspecter sa blessure.

— Pas mal pour un charlatan, grommela-t-il. (Puis son visage se détendit, et il récita :) « Là où nous ne prospérons plus resplendissent nos arbres. » Quivalen Sath, Chanson des Oiseaux de la Forêt de Wayreth.

Sa voix était ferme et ses mains ne tremblaient pas. *Soit il délire, soit il ne ressent absolument rien,* se dit Phinéas, incrédule.

— Vous devez connaître cette œuvre, je suppose, poursuivit Denzil. Quivalen Sath est le plus grand poète de tous les temps.

— Bien sûr, approuva Phinéas, l'air absent. (Cet homme était très étrange, il devait s'en aller au plus vite.) Je suis certain que tout va bien aller, à présent. Et j'étais sur le point de partir quand vous êtes arrivé, alors si vous voulez bien m'excuser...

— Je crois que je vais me reposer ici un petit moment, répondit Denzil. Je me sens encore un peu faible.

— Euh..., comme vous voudrez, dit Phinéas en battant en retraite vers la salle d'attente.

Il se demandait bien ce qu'un homme pareil —

visiblement un guerrier endurci — faisait à Kenderfoule, et préférait attendre l'arrivée d'Epinglette seul plutôt qu'en sa compagnie. Le kender était déjà en retard, ce qui n'avait rien de surprenant, mais n'arrangeait pas du tout Phinéas. Outre qu'il avait hâte de s'éloigner de Denzil, il ne voulait pas laisser refroidir la piste de Damaris Météo.

Quelques interminables minutes plus tard, Epinglette Pieds-Poilus fit son apparition, vêtu d'une somptueuse cape de velours écarlate.

— N'est-ce pas un peu trop euh... habillé pour les Ruines ? hasarda Phinéas.

— Re-bonjour à vous aussi. J'aime bien commencer une nouvelle aventure avec des vêtements neufs, expliqua le kender.

— Mais il ne s'agit pas d'une aventure, le contredit Phinéas. Nous allons simplement retrouver Damaris Météo et la ramener en ville, pour que le maire n'ait pas besoin de prévenir le chasseur de primes qu'il ne faut plus aller chercher Tasslehoff et son autre moitié de carte à Solace.

Il s'arrêta, à bout de souffle.

— C'est bien ce que je dis, rétorqua Epinglette.

Phinéas poussa un léger soupir.

— Bon, je libère mon dernier patient et nous pourrons nous mettre en route.

Il pénétra dans son cabinet et fronça les sourcils.

Denzil était parti.

Mais où a-t-il bien pu aller ? se demanda Phinéas. La pièce ne comportait pas d'autre porte que celle donnant sur la salle d'attente, et seulement une petite fenêtre. Plus bizarre encore que la disparition de l'homme était la présence des vingt pièces promises, posées sur une table.

Phinéas haussa les épaules. Il ne voulait même pas chercher à comprendre. Il saisit son sac à dos, sans remarquer que la moitié de carte que contenait celui-ci dépassait maintenant d'une de ses poches. Puis il ferma les volets, rejoignit Epinglette dans la rue, et partit en quête de Damaris Météo.

* * *

Une silhouette noire s'attarda sous la porte cochère cinq bonnes minutes après que l'humain et le kender soient partis. Une main compressant son flanc encore douloureux, elle s'éloigna du côté opposé à celui qu'ils avaient pris.

Mercenaire aguerri, Denzil venait de découvrir par hasard le but de sa prochaine expédition. Pour une fois, il allait travailler à son compte, et si le butin était à la hauteur de ce que promettait la carte, il n'aurait plus jamais besoin de louer ses services à personne.

Après avoir récupéré son étalon noir dans une ruelle voisine, il acheta des provisions pour un mois, ce qui, songeait-il, lui laissait largement le temps de se rendre à Solace pour récupérer un kender nommé Tasslehoff.

LIVRE II

CHAPITRE XI

— Ho ! hisse !

— Ho ! hisse !

Tass, Aviron et les sept nains des ravins tiraient de toutes leurs forces ; le chariot gorgé d'eau refusait d'avancer d'un pouce. Ils avaient réussi à le traîner sur le rivage, mais le véhicule s'était embourbé quelques tours de roues plus loin.

— Je suis navré, dame Cornebière, dit Aviron à bout de souffle, mais je ne crois pas que nous puissions le sortir de là.

— Il ne faut jamais perdre espoir, mon garçon, répondit Gisella, toujours juchée au sommet du chariot.

Avant même qu'elle ait terminé sa phrase, les Aghars s'étaient écroulés en tas au bord de l'eau. Tass s'allongea sur le rivage, épuisé. Aviron s'assit à côté de lui.

— Vous n'êtes qu'une bande de fainéants, les houspilla la naine en faisant les cent pas sur le toit. Vous croyez que j'ai fait tout ce chemin pour laisser tomber maintenant ?

— Du calme, lança Tass, nous venons d'échapper par miracle à la noyade et nous sommes tous un peu fatigués. Laissez-nous cinq minutes de repos.

— Très bien. Alors que quelqu'un m'aide à descendre de là, dit Gisella en tendant coquettement la main.

Aviron soupira et se releva à contrecœur. Il se traîna jusqu'au chariot et tendit les bras ; Gisella se laissa tomber de tout son poids. Le jeune homme vacilla.

— Oooh, ronronna la naine, mais tu es plus fort que tu n'en as l'air. Je trouve le danger terriblement excitant, pas toi ?

Aviron s'empourpra et, dans sa hâte de la poser, la laissa pratiquement tomber par terre.

— Mais enfin, ce n'était qu'une petite remarque innocente, protesta la naine. Je ne vois vraiment pas ce qui t'a pris. Personne n'a jamais essayé de te séduire ou quoi ?

Aviron se rassit, les yeux obstinément fixés sur le sol.

— Non, je ne crois pas, marmonna-t-il.

Gisella haussa les épaules et, renonçant à comprendre, se laissa tomber sur le sable pour prendre quelques minutes de repos.

*
* *

Aviron se réveilla à l'aube. Il regarda autour de lui, étonné. En fait de petite sieste, ils avaient dormi plus de douze heures d'affilée. Tass était roulé en boule à sa gauche, Gisella ronflait doucement à sa droite, et les nains des ravins gisaient un peu plus loin, formant un tas parfois agité de soubresauts. L'estomac du jeune homme gargouillait, lui rappelant qu'il n'avait rien avalé depuis le matin précédent. Il s'éloigna du rivage pour chercher quelque chose de comestible.

Peu de temps après, il découvrit un buisson de framboises sauvages dont il entreprit de remplir son chapeau. Il avait presque terminé lorsqu'un hennissement se fit entendre. Aviron sursauta et fit volte-face. Les deux chevaux de Gisella se dirigeaient vers lui au petit trot.

— Je suis si content que vous alliez bien ! s'exclama le jeune homme en leur passant un bras autour du cou. J'ai cru ne jamais vous revoir ! Laissez-moi finir ma cueillette et je vous ramènerai près des autres.

Lorsqu'il revint vers le rivage, Tass, Gisella et les nains des ravins étaient en train de se réveiller. Ils engloutirent les baies ramenées par le jeune homme, puis décidèrent de se remettre au travail.

Aviron attacha les chevaux au chariot.

— Je ne sais pas si ça va marcher, dame Cornebière, prévint-il. Le harnais est en assez mauvais état depuis son séjour prolongé dans l'eau. J'ai peur que le cuir ne cède si on tire trop dessus.

Gisella croisa les doigts et retint son souffle. Aviron saisit les chevaux par la bride et les fit avancer. Lentement, le chariot s'arracha à la boue, des filets d'eau sale dégoulinant par sa porte et entre les lattes de son plancher.

— Hourra ! s'écria Gisella en battant des mains. Maintenant, nous allons pouvoir rattraper notre retard.

— Je crains que non, ma dame, dit Aviron en s'accroupissant à côté du véhicule. Les deux roues arrière sont endommagées ; nous ne ferons pas plus d'une ou deux lieues avec.

— Eh bien ! nous n'avons qu'à les réparer ! dit la naine en esquissant un geste de la main.

— Mais il nous faudrait des outils, et malheureusement nous n'en avons pas, répondit Aviron.

— Oh !...

Gisella, les bras ballants, contempla tristement son chariot pendant quelques secondes. Puis elle posa ses mains sur ses hanches d'un air résolu.

— Très bien. Alors récupérons ce que nous pouvons

et remettons-nous en route. Il me reste encore un chargement, et il doit arriver à Kenderfoule avant la Foire d'Automne. (Elle jeta un regard de biais à Tasslehoff et soupira.) Espérons qu'il continue à coopérer.

*
* *

Il était bien plus de midi lorsque Gisella décida de faire une pause. Les nains des ravins s'écroulèrent avant qu'elle ait mis pied à terre. Quant à Aviron, il attendit que Tass se soit laissé glisser au sol pour le rejoindre.

Ils se trouvaient en haut d'une colline en pente douce, couverte de hautes herbes et de quelques arbres. Le soleil brillait dans le ciel, mais la brise automnale était déjà assez fraîche.

Gisella se tourna vers Tass.

— Cet endroit vous dit-il quelque chose ? Ressemble-t-il, même de loin, à un point indiqué sur une de vos ridicules cartes ?

Tass secoua la tête.

— Non, mais ça ne veut rien dire. Nous n'avons pas beaucoup avancé à l'intérieur des terres ; peut-être tous les repères significatifs sont-ils encore devant nous.

— J'espère bien, soupira la naine. J'ai hâte de retrouver la civilisation.

Soudain, Aviron pencha la tête comme pour écouter. Hélas, c'est le moment que choisirent les nains des ravins pour entonner leur version du chant des marins que leur avait appris Tass. Aviron leur adressa des signes désespérés afin de les faire taire ; les petites créatures, persuadées qu'il s'agissaient d'un nouveau jeu, se mirent à agiter les bras sans cesser de brailler pour autant.

Gisella décida d'intervenir et se tourna vers Fondu, un doigt posé sur ses lèvres.

— Jolie dame dire nous taire ! hurla Fondu.

Les autres nains des ravins s'interrompirent et se couvrirent la bouche de leurs mains en roulant des yeux.

Aviron pencha la tête et écouta.

— Alors ? chuchota Gisella au bout de quelques instants.

— J'entends chanter, répondit le jeune homme, les sourcils froncés.

— Merveilleux, siffla la naine. Sans doute une autre bande de nains des ravins.

— Je n'en sais rien. Ils doivent parler une langue que je ne connais pas, parce que je ne comprends rien.

— Aide-moi à monter sur mon cheval, demanda Gisella. Avec toutes ces grandes herbes, je n'y vois strictement rien.

Aviron croisa les mains pour en faire un marchepied. Gisella se hissa sur sa monture et plissa les yeux en scrutant l'horizon.

— Je vois une bannière rouge qui se déplace, on dirait qu'elle porte des armoiries. Il doit y avoir une route pas très loin. Essayons de la rejoindre.

Ce disant, elle enfonça les talons dans les flancs de son cheval. Tass et Aviron se remirent en selle et lui emboîtèrent le pas au petit trot, les nains des ravins courant à perdre haleine derrière eux.

Bientôt, ils virent la bannière s'immobiliser au loin ; lorsqu'ils rejoignirent Gisella, elle était entourée par une douzaine de nains qui se tortillaient la barbe et se bousculaient pour mieux la voir. Chacun d'eux portait une cotte de mailles brillante et une paire de bottes en cuir montant jusqu'au genou, ainsi qu'un marteau de guerre et un rouleau de corde passé sous un bras. Leur

101

chef arborait un magnifique heaume orné de plumes vertes.

Gisella lança un regard coquin à Tass et Aviron.

— Les enfants, dit-elle en battant des cils, j'aimerais vous présenter le baron Krakold du village de Rosloviggen.

Elle se retourna et souffla un baiser au chef de la troupe. Tass crut le voir rougir. Mais il était impossible d'en être sûr avec son teint coloré et la barbe qui lui mangeait la figure.

Gisella passa un bras autour des épaules du baron.

— Lui et ses hommes reviennent juste de mission, poursuivit-elle, et ils aimeraient beaucoup que nous nous joignions à eux jusqu'à leur village. Je ne vois pas comment nous pourrions refuser une offre aussi aimable.

Elle se tourna vers le nain et plongea les yeux dans les siens en pressant une hanche contre sa cuisse. Les sourcils du baron — qui constituaient à eux seuls une masse de poils impressionnante — se haussèrent, et un murmure approbateur courut parmi ses hommes.

Alors Fondu et ses compagnons émergèrent des hautes herbes. Gisella ferma les yeux et se mordit la lèvre, mais le baron devait être large d'esprit, car il ne fit aucun commentaire. Bientôt, la petite procession se remit en route.

Ils marchèrent pendant plusieurs heures. Peu à peu, les collines cédèrent la place à des montagnes.

— Euh... votre village est-il encore très loin ? demanda Tass au nain qui marchait devant lui. Nous n'avons mangé que des framboises depuis hier.

— Il reste encore un bout de chemin. La ville est de l'autre côté de cet éperon rocheux.

Tass écarquilla les yeux.

— Vous voulez dire que nous devons escalader ça ?

Mais ces rochers sont aussi grands que des châteaux !
Nous en avons encore pour des heures !

— Ne vous inquiétez pas, nous finirons bien par arriver.

Tass soupira.

— Mon ami Flint Forgefeu — c'est un nain, lui aussi —, m'a dit une fois qu'il valait mieux se préoccuper de ce qui m'attendait sur l'autre versant de la colline que de la façon dont j'allais la franchir. Je n'avais encore jamais rencontré une situation à laquelle ça s'applique aussi bien !

Le nain haussa les sourcils.

— Vous avez dit que vous êtes un ami de Flint Forgefeu ?

— Bien sûr, je l'ai laissé à Solace il y a quelques jours seulement — même si j'ai l'impression qu'une éternité s'est écoulée depuis. Pourquoi, vous le connaissez aussi ?

— Pas personnellement. Mais tous les nains ont entendu parler du petit-fils de Reghar Forgefeu. Le père du baron Krakold a combattu avec Reghar à la bataille de la Porte des Nains. A l'époque, il était très jeune, et il a eu la chance de survivre à l'explosion magique qui a mis fin aux combats. Il a assisté à la mort de Reghar Forgefeu, que nous vénérons encore aujourd'hui. Notre peuple n'oublie jamais ses héros. (Quelques instants de silence, puis :) Mon grand-père et mon grand-oncle sont morts eux aussi durant la bataille de la Porte des Nains, ajouta-t-il, rayonnant de fierté.

— Ça doit être bien de savoir où ont été vos ancêtres et ce qu'ils ont fait, dit Tass, rêveur. Moi, je sais généralement où je suis. Mais je n'ai aucune idée de ce que fait le reste de ma famille. Hum..., sauf mon oncle Epinglette. Lui, je sais qu'il est prisonnier à Kenderfoule. C'est d'ailleurs là que nous allons, pour le délivrer. Au fait, je m'appelle Tasslehoff Racle-Pieds. Et vous ?

— Mathieu Fenlacier, fils de Rothieu Fenlacier, l'ingénieur qui a conçu le portail de Rosloviggen, répondit le nain. (Puis il éleva la voix pour-mieux se faire entendre :) Excusez-moi, Votre Grâce, mais ce kender est un ami de Flint Forgefeu, petit-fils de Reghar Forgefeu.

Les autres nains s'immobilisèrent et le baron rebroussa chemin vers la fin de la colonne.

— C'est vrai ce que raconte Mathieu ? demanda-t-il, les sourcils froncés.

— Bien sûr ! Flint et moi sommes de très bons amis. J'étais avec lui il y a quelques jours encore. Il est un peu bourru, vous savez, mais il me manque déjà.

— Pourquoi ne l'avoir pas dit plus tôt, mon garçon ? s'exclama le baron. Ce n'est pas le genre de chose que l'on garde pour soi ! Vous êtes doublement les bienvenus à présent. Considérez-vous comme mes invités personnels. Vous tombez bien, le Festival d'Octobre commence demain ! (Il se tourna vers son escorte :) Et on va bien s'amuser, hein ?

— Le Festival d'Octobre ! gloussa Gisella en battant des mains. J'avais complètement oublié cette vieille tradition naine. C'est presque trop beau pour être vrai.

Aviron se pencha vers Tass et lui chuchota à l'oreille :

— C'est quoi, le Festival d'Octobre ?

— Je n'en sais rien, mais ça semble assez excitant, répondit joyeusement le kender.

*
* *

Comme ils approchaient de la crête, Aviron commença à s'inquiéter.

— Ne croyez-vous pas que nous faisons fausse route ? demanda-t-il à Tasslehoff. Nous filons vers le passage le plus difficile.

— J'avais remarqué, acquiesça le kender. Mais je suppose que les nains savent ce qu'ils font. Peut-être utilisent-ils des cordes et des poulies pour atteindre le sommet.

— Oh non, pas encore des poulies, gémit Aviron.

Les nains marquèrent une halte. Devant eux se dressait une falaise d'une soixantaine de pieds de haut. Les hommes du baron se mirent à dégager les broussailles qui couvraient en partie sa base, mettant à jour un visage taillé dans la pierre. Mathieu fouilla dans son sac à dos et en retira la plus grande clé que Tass ait jamais vue.

— Elle doit peser au moins vingt livres ! s'exclama le kender, stupéfait.

— Vingt-trois très exactement, le corrigea Mathieu. Mais ce n'est pas grand-chose. Vous devriez voir les clés que nous utilisons pour les portes vraiment importantes...

Puis il glissa celle qu'il tenait dans un interstice, entre les dents de pierre et, la tenant à deux mains, lui fit faire un tour complet. Une bouffée de poussière et un courant d'air plus tard, une fissure apparut dans le roc. Trois nains s'arc-boutèrent contre la paroi en haletant ; le visage bascula, révélant l'entrée d'un tunnel.

Les nains s'y engagèrent en file indienne. L'intérieur de la montagne était froid et sec. Mathieu récupéra la clé et referma la porte avec l'aide de deux de ses camarades. Pendant quelques instants, les nains se tinrent immobiles, le temps que leurs yeux s'habituent aux ténèbres et passent en infravision. Puis le baron cria :

— Allons-y !

— Attendez ! s'exclama Aviron. Le kender et moi n'y voyons rien dans le noir. Ne pouvons-nous pas allumer une torche ?

— Navré, répondit Mathieu, mais nous n'en avons pas sur nous. Posez la main sur l'épaule du nain qui vous précède et tout ira bien. Le sol est relativement plat par ici.

Gisella y voyait très bien, ce qui ne l'empêcha pas de passer ses bras autour de la taille de deux soldats, comme si elle craignait de tomber. Mais les nains eurent l'air très heureux de pouvoir lui rendre ce menu service.

Aviron et Tass trébuchèrent pendant quelques minutes dans le noir, puis les nains s'arrêtèrent pour ouvrir une seconde porte. Le soleil envahit le tunnel.

— Et voilà, dit fièrement Mathieu en écartant les bras pour embrasser le paysage. Rosloviggen, la plus belle cité du royaume.

Aviron siffla entre ses dents. Nichée dans la vallée, entre deux hauts pics montagneux, se dressait une ville de pierre aux bâtiments impeccablement symétriques et propres comme des sous neufs.

— Ça ne ressemble à aucune cité naine que j'aie jamais connue, murmura Gisella. Où est le toit ?

— Rosloviggen est unique en son genre, dit le baron. Mes ancêtres l'ont bâtie ici parce que les montagnes alentours regorgent de minéraux, mais la vallée est si bien protégée qu'ils n'ont pas jugé utile de construire leurs maisons sous terre. Ainsi, nos plantes bénéficient en permanence de la lumière du soleil.

La procession s'engagea dans la vallée ; les nains entonnèrent une chanson de marche où il était question de rentrer chez soi couvert de gloire ou allongé sur son bouclier. Les Aghars tentèrent de la reprendre en chœur, mais les voix puissantes de leurs cousins noyaient leurs braillements.

Ils arrivèrent aux portes de la ville au moment où le soleil se couchait. Les montagnes projetaient de longues ombres pourpres dans la vallée. Bientôt, les bruits de la cité parvinrent aux oreilles des voyageurs : une mère qui appelait ses enfants pour dîner, un allumeur de réverbères qui chantait à tue-tête, des mineurs qui rentraient du travail en faisant claquer leurs souliers sur les pavés. Tass était ravi, mais les nains des ravins semblaient perplexes.

— Comment eux faire pour avoir tant personnes au même endroit sans que elles se battre ? demanda Fondu à voix haute.

Malgré le site inhabituel, Gisella se sentait déjà presque comme chez elle à Roslöviggen. Partout se remarquaient les préparatifs du Festival d'Octobre : les maisons bénéficiaient d'une peinture ou de tuiles neuves, les balcons étaient abondamment fleuris, des barriques de bière s'empilaient contre les murs et toutes sortes de marchandises s'offraient au regard des passants. De nombreux habitants s'affairaient à dresser tables et tentes dans les squares.

Aviron remarqua une équipe d'ouvriers luttant pour dresser l'armature d'un immense chapiteau. L'un d'eux, perché sur la branche d'un arbre, tirait sur une longue corde au bout de laquelle était fixée une poutre. Ses camarades le guidaient depuis le sol.

— Un-tour-de-pou-lie ! scandèrent les nains des ravins.

Gisella s'immobilisa, comme hypnotisée par la poitrine nue de deux jeunes nains musclés — qui avaient probablement ôté leur chemise pour travailler plus à l'aise. Elle songeait que le Festival d'Octobre allait présenter toutes sortes d'occasions à saisir, outre celle de remplacer sa marchandise perdue.

— J'insiste pour vous offrir l'hospitalité, répéta le baron Krakold. Nous ne sommes plus très loin de chez moi, et j'aimerais beaucoup écouter le récit de votre voyage devant une bonne tranche de rôti et une chope de bière.

— C'est très gentil à vous, ronronna Gisella. Au fait, y a-t-il une baronne Krakold ? demanda-t-elle sans façon.

— Euh... oui, je crois qu'on peut dire ça, balbutia son interlocuteur, pris au dépourvu.

— Ah bon ? (Gisella haussa les épaules.) Ça n'a pas d'importance, de toute façon, minauda-t-elle en glissant son bras sous celui du baron.

Mal à l'aise, celui-ci se dégagea.

— Euh, je ne crois pas que ma femme partage votre avis.

Gisella se renfrogna.

— Hé ! regardez ça ! s'écria Tass.

Il désignait une large plate-forme circulaire pourvue d'un toit pointu et abritant une ménagerie d'animaux colorés montés sur de longues piques de bois rattachées au sol et au plafond. Au comble de l'excitation, le kender reconnut un griffon, un dragon, une licorne, un cheval avec une queue de poisson et un énorme loup à tête d'homme.

— Oui, j'en ai entendu parler, répondit le baron. Je crois que ça s'appelle un carrousel. Je suis très impatient de voir comment ça fonctionne. Nous pourrons le voir en action dès demain, si le cœur vous en dit.

Et la petite procession se remit en route vers le manoir du baron, Tass légèrement déçu, Aviron toujours silencieux, Gisella perdue dans ses pensées et les nains des ravins trébuchant dans son sillage.

108

Ils arrivèrent devant une somptueuse demeure au jardin parfaitement entretenu. Près du porche se dressait une petite fontaine entourée de bancs de pierre. Le rez-de-chaussée du bâtiment principal était fait d'énormes blocs de granit poli, les étages supérieurs de brique rouge traditionnelle. Derrière les fenêtres, garnies de bacs de géraniums multicolores, des domestiques en tablier blanc s'affairaient à fermer les volets pour la nuit.

Le baron s'arrêta, les mains posées sur les hanches, et se tourna vers ses invités :

— Voici mon humble demeure. Je vous y souhaite la bienvenue. (Une expression de surprise se peignit sur son visage.) Il semble que nous ayons semé vos petits amis si peu élégamment vêtus.

Gisella jeta un coup d'œil par-dessus son épaule.

— Oh, ce n'est pas très grave, dit-elle négligemment. Je suis sûre qu'ils nous retrouveront plus tard.

— Si vous le dites... Prenez vos affaires ; mes hommes vont se charger d'emmener vos chevaux à l'écurie.

Aviron se chargea des deux sacs contenant les vêtements et menus objets rescapés du naufrage, puis le baron les fit pénétrer dans sa demeure. Après les avoir laissés s'extasier quelques minutes sur l'architecture du manoir, il ordonna à une servante de les conduire dans les chambres d'amis.

— Nous dînerons dans une heure, ajouta-t-il avant de les quitter.

— C'est comme si j'étais de retour à Kenderfoule, s'extasia Tass en emboîtant le pas à la domestique naine.

Celle-ci haussa les sourcils d'un air interrogateur.

— Toutes les poignées de porte sont à la bonne hauteur, expliqua le kender en s'arrêtant pour caresser une rose sculptée dans le bois de la rampe. C'est très joli, souligna-t-il, mais si mon ami Flint l'avait faite, elle aurait encore plus de pétales, et vous verriez même les gouttes de rosée dessus !

— Chut ! souffla Gisella, de crainte que le baron n'entende les remarques de Tass.

Lorsqu'ils eurent atteint le palier, la servante leur désigna trois portes.

— Aviron, je te charge de veiller sur Racle-Pieds pendant notre séjour, ordonna Gisella avant de disparaître dans sa chambre.

— Bien, ma dame. Ne vous inquiétez pas, je ferai de mon mieux.

Dès qu'elle eut aperçu l'immense baignoire de cuivre dressée au milieu de la pièce, Gisella oublia complètement le kender et le jeune humain. Poussant de petits cris de ravissement, elle se hâta d'enlever ses vêtements crasseux et se glissa avec délice dans l'eau brûlante.

*
* *

Tass avait entrepris d'explorer toutes les pièces ouvrant sur le palier. Il en avait déjà visité trois, et comme elles se ressemblaient toutes, il se dirigea vers l'escalier pour voir s'il aurait plus de chance à un autre étage. Soudain, une main le saisit par l'épaule et lui fit faire volte-face. Le visage du kender s'empourpra.

— Aviron ! Ce n'est pas bien de faire peur aux gens comme ça !

— Et ce n'est pas bien non plus de traîner dans les couloirs quand on n'est pas chez soi, répondit le jeune homme. Comment puis-je vous surveiller si vous passez votre temps à courir partout ?

— Mais je m'ennuyais dans ma chambre ! protesta Tass.

— Je suis sûr que vous n'y êtes pas resté plus de dix minutes !

— Oui, mais il n'y avait rien d'intéressant. Dans les autres pièces non plus, d'ailleurs. Tous les placards sont vides. La seule chose utile que j'aie trouvée, dit-il en saisissant le bas de sa tunique, ce sont ces vêtements que quelqu'un avait posés sur mon lit. Mais ils sont un peu grands, surtout sur les côtés. L'avantage, c'est qu'ils ont de très grandes poches, ajouta-t-il en enfonçant ses mains à l'intérieur pour en faire la preuve.

Poussant un petit cri de surprise, il sortit de son pantalon un chandelier en argent, un délicat soliflore, un morceau de savon et une brosse à cheveux en poils de sanglier.

— Eh bien, le précédent propriétaire de ces vêtements transportait beaucoup de choses sur lui. Le baron Krakold devrait mieux choisir ses invités. L'un d'eux aurait pu repartir en emmenant tous ces objets ! Je ferais bien de garder un œil dessus en attendant de pouvoir lui en parler, dit-il en remettant le tout dans ses poches.

— Vous devriez plutôt les laisser ici, suggéra Aviron. Le baron Krakold pourrait penser que c'est vous qui les avez volés. Après tout, il vous connaît à peine.

Tass haussa les sourcils, l'air peiné.

— Oui, je suppose que tu as raison.

A contrecœur, il déposa les objets sur une commode, ses doigts s'attardant tout particulièrement sur le soliflore.

Aviron poussa un soupir de soulagement. Lui aussi avait trouvé dans sa chambre une tunique blanche et un pantalon noir à peine trop courts. Ils avaient dû appartenir à un nain exceptionnellement grand.

Le kender et le jeune homme descendirent l'escalier.

Au rez-de-chaussée, ils retrouvèrent le baron vêtu d'une chemise bleue et d'un pantalon rouge vif, soulignés de nombreux fils dorés. Peu de temps après, Gisella fit son apparition en haut des marches, et s'immobilisa quelques instants pour laisser à tous le loisir de l'admirer. Son abondante chevelure rousse cascadait dans son dos, et le décolleté de sa robe couleur saphir semblait dangereusement profond. Elle dévala l'escalier, se jeta dans les bras du baron et lui posa un baiser sur les lèvres. Gêné, le nain tenta de se dégager.

— Ma dame, je..., balbutia-t-il.

— Merci, merci ! Vous êtes vraiment l'homme le plus merveilleux du monde ! s'écria-t-elle. Ce bain était divin. Comment avez-vous su que je ne vivais pratiquement que pour ça ? (Puis, voyant que le baron essuyait les traces de rouge à lèvres sur sa bouche :) Oh ! je suis si impulsive, pardonnez-moi ! J'ai tellement de mal à me contrôler !

Elle se précipita vers lui pour le nettoyer à l'aide de son mouchoir en soie. Au même moment, quelqu'un toussa bruyamment. L'assistance fit volte-face ; le baron pâlit et déglutit. Repoussant Gisella, il s'avança vers une naine barbue, à la carrure imposante, vêtue d'une robe grise boutonnée jusqu'au menton.

— Hortense, ma chérie ! couina-t-il. Je suis si heureux de te retrouver !

Il tenta de la prendre par le coude, mais elle le garda obstinément collé contre son flanc.

— Oui, tu en as l'air, répliqua-t-elle, glaciale, en faisant un signe de tête en direction de Gisella.

— Laisse-moi te présenter nos invités, enchaîna-t-il. (Il se tourna vers Aviron et Tasslehoff :) Je vous présente ma femme, la baronne Hortense Krakold.

Le kender s'avança, une main tendue.

— Bonjour. Tasslehoff Racle-Pieds à votre service.

Vous avez une très belle maison ; il suffirait de lui enlever quelques murs pour qu'elle soit vraiment parfaite. Avez-vous déjà été à Kenderfoule ? Oh, je voulais vous dire, je crois que quelqu'un... Aïe ! Aviron, arrête de me marcher sur les pieds. (Fronçant les sourcils, il se retourna vers la baronne.) Voici mon ami Aviron... Euh, c'est quoi ton nom de famille ?

— Ath-Banard, marmonna le jeune homme.

Il tendit la main à la baronne, qui l'ignora. Gisella fit un pas en avant, un demi-sourire aux lèvres.

— Quant à moi, je suis Gisella Cornebière, annonça-t-elle en plantant son regard dans celui de l'autre naine.

Les hommes et les bains mis à part, Gisella n'aimait rien tant que de gagner de l'argent ou de se bagarrer. Or, son commerce périclitait depuis quelques jours ; l'appétissant baron s'était pitoyablement recroquevillé devant sa charmante moitié, et son dernier bain remontait à quelques minutes à peine. Elle décida donc de concentrer son énergie sur sa rivale.

La soirée mit tout le monde mal à l'aise, à part Gisella. Pendant que le baron se tortillait sur son siège comme un ver, les deux naines échangèrent sans arrêt des piques.

— Il faut ab-so-lu-ment me dire où vous faites faire vos vêtements, baronne, dit Gisella en engouffrant une part de tarte à la fraise. Les attentions constantes dont je suis l'objet me fatiguent, et je pense qu'une robe aussi terne que la vôtre pourrait m'aider à les repousser. Hélas, je crains qu'elle ne parvienne pas à dissimuler mes charmes.

La baronne se mordit les lèvres et sonna le maître d'hôtel.

— Vous apporterez une dizaine d'autres tartes pour notre invitée, ordonna-t-elle. En parlant de fraises, vous teignez-vous de cette couleur affreusement voyante pour cacher vos cheveux gris, ou pour attirer l'attention ?

CHAPITRE XII

— Ouille ! s'exclama Phinéas. Il n'existe donc aucun moyen de s'asseoir confortablement sur ce fichu animal !

Il se dressa dans ses étriers et se frotta le bas du dos. Epinglette éclata de rire.

— Pas la peine de vous moquer de moi ! s'écria Phinéas, exaspéré. Lorsque nous arriverons à destination, je serai peut-être handicapé à vie !

— Ce n'est pas ma faute, Phinéas. Vous êtes si drôle. Vous ririez aussi si vous pouviez vous voir en ce moment. Vous êtes deux fois plus grand que ce pauvre poney, qui n'apprécie sans doute pas la promenade plus que vous. Et puis, vous m'avez dit que vous saviez monter à cheval !

— Bien sûr que je sais ! J'ai déjà monté beaucoup de chevaux. Mais cette bête est aussi diabolique qu'un palefroi de la nuit ! Et le type qui a fabriqué sa selle est un incapable : il n'a même pas enfoncé les clous jusqu'au bout !

Epinglette faillit tomber de sa monture tant il riait.

— Les clous ! Ha, ha, ha ! Si je vous avais rencontré quelques années plus tôt, je n'aurais jamais pris ma retraite d'aventurier ! Voyager avec vous est trop amusant !

Phinéas se rassit avec prudence, mais ne put s'empêcher de grimacer au moment où ses fesses touchèrent la selle. Lorsqu'il mettait ses pieds dans les étriers, il avait les genoux au niveau des coudes ; lorsqu'il les laissait pendre, ses orteils traînaient par terre.

— C'est encore loin ? geignit-il.

— Non, répondit Epinglette. Une heure tout au plus. Nous serons là-bas au crépuscule. Et comme le temps passera beaucoup plus vite en parlant, je vais vous raconter mon expédition à Hylo. C'était en 317..., ou en 307 peut-être. L'année où les moustiques ont infesté le Sombrebois, à tel point qu'on ne pouvait plus respirer sans s'en coller une douzaine dans les narines. Les voyageurs devaient se couvrir la tête d'un voile de gaze pour ne pas mourir étouffés. Le seul problème, c'est que la gaze ne s'achetait que chez les elfes, et qu'ils vivaient au cœur du bois. Comme ils ne parlaient pas notre langage, nous avons dû engager un traducteur avant de...

— Excusez-moi, mais qu'est-ce que tout ceci a à voir avec Hylo ? demanda Phinéas. Non que je m'en soucie le moins du monde, d'ailleurs, grommela-t-il entre ses dents.

— J'essaie de déterminer en quelle année ça s'est passé. Une bonne chronologie est très importante quand on raconte une histoire, mais si vous vous en moquez, je peux me taire. Après tout, je la connais, cette histoire. Ce que j'en disais, c'était pour vous rendre la route plus agréable.

Phinéas soupira. Il n'avait aucun moyen de s'en sortir. Il était condamné à subir Epinglette jusqu'à ce qu'ils mettent la main sur Damaris et la ramènent à

Kenderfoule. Les histoires du kender représentaient-elles un prix trop élevé pour un fabuleux trésor ? *Sans doute pas,* décida Phinéas.

— Je vous en prie, continuez, dit-il d'un ton las.

Pendant qu'Epinglette poursuivait son récit, l'esprit de Phinéas se mit à vagabonder.

Le soleil avait disparu derrière le sommet des arbres quand les deux voyageurs atteignirent les Ruines. Les grands blocs de pierre blanche projetaient de longues ombres à leurs pieds, semblant s'étendre à l'infini dans le crépuscule.

— Je ne m'attendais pas à ce que ce soit si... si grand, murmura Phinéas.

Il croyait trouver des bâtiments typiques de l'architecture kender : petits, chaotiques et éventrés, mais tout n'était que grandeur et symétrie autour de lui. Pire, les Ruines étaient moins dévastées que la plupart des maisons habitées de Kenderfoule.

Epinglette mit pied à terre.

— Nous allons camper ici pour la nuit. Nous commencerons les recherches demain matin.

— Pourquoi pas ce soir ? protesta faiblement Phinéas.

— Parce qu'il fait trop sombre. Nous risquerions de nous casser quelque chose. Et puis, on ne sait jamais ce qu'on peut trouver dans les Ruines, la nuit.

C'est rassurant, songea Phinéas. Puis, tout haut :

— A quoi servait cet endroit avant de, euh... tomber en ruine ?

— Ça, c'est une histoire intéressante, répondit Epinglette en ramassant du bois pour allumer le feu. Je dirais même : huit histoires intéressantes, selon la personne à laquelle on demande de la raconter. Certains disent que les Ruines étaient autrefois un mausolée elfique ; d'autres, qu'elles sont apparues à la suite du Cataclysme. J'ai aussi rencontré des gens qui...

— Bref, coupa Phinéas d'un ton las, vous ne savez pas.

— C'est à peu près ça, acquiesça Epinglette en laissant tomber une pile de branches à ses pieds.

— Je vais allumer le feu.

Pendant qu'il se battait avec un bout de silex, Epinglette fouilla dans ses sacoches et en sortit deux lapins déjà cuits. Il découpa leur chair en petits morceaux, la déposa au fond d'une casserole avec des carottes et des pommes de terre, ajouta un peu d'eau et mit le tout à chauffer sur le feu.

Les deux compagnons mangèrent en silence et s'endormirent rapidement. Mais Phinéas ne dormit pas très bien. Toute la nuit, il rêva de monstres poilus qui voulaient le dévorer.

CHAPITRE XIII

Tass bondit de son lit de plume et saisit ses vêtements, posés sur une chaise. Une servante les lui avait rapportés propres la veille au soir, et ce matin ils étaient déjà presque secs. Tass les enfila en poussant un soupir de bien-être ; il ne se sentait pas vraiment lui-même sans son pantalon bleu. Puis il ramassa son bâton et sortit de la chambre.

Le couloir était vide ; le kender eut beau tendre l'oreille, il n'entendit aucun son. Ses amis devaient encore dormir.

— En les attendant, je vais aller faire un tour à la fête, murmura-t-il en descendant l'escalier et en se glissant à l'extérieur. Ils seront contents de savoir où on trouve la meilleure nourriture et les magiciens les plus amusants.

Le ciel était nuageux mais pas vraiment menaçant. Les portes et les volets commençaient à s'ouvrir dans les rues. Tass s'arrêta devant une boulangerie, cherchant du regard le propriétaire. Ne le voyant nulle part, il compta vingt-huit tartes en train de refroidir sur ses fenêtres : tartes aux cerises, à la rhubarbe, à la pomme, aux cassis, aux mûres — les favorites du kender —, et aux framboises.

Quelques portes plus loin, un rémouleur installait son matériel sur les pavés. Léchant ses doigts couverts de mûres, Tass s'arrêta pour admirer les couteaux bien aiguisés. Quelques minutes plus tard, le rémouleur fut stupéfait de découvrir une dague tout émoussée là où il aurait juré avoir déposé un élégant canif.

Tass tourna à gauche et arriva devant le square où il avait admiré le carrousel la veille. Il poussa un cri de surprise : en une nuit, le chantier s'était transformé en pays des merveilles. Un élégant kiosque de bois se dressait au milieu, occupé par deux nains bedonnants vêtus de chemises colorées, de pantalons noirs et de bretelles brodées. L'un d'eux jouait du tuba, sa moustache voletant au gré des notes ; l'autre portait un étrange instrument garni de clés de bois carrées sur lesquelles il faisait courir ses doigts. De temps en temps, il poussait ou tirait un bouton, tout en actionnant furieusement une espèce de soufflet. Les sons qu'il produisait rappelaient à Tass les cris d'un canard en vol.

Pendant plus d'une demi-heure, le kender erra dans le square en admirant les différentes attractions : échoppes des forgerons, enclos du concours de lancer de hache ou de cassage de cailloux, tentes-auberges et étals des marchands de ragoût. Il engagea même la conversation avec deux musiciens, Gustave et Welker, qui le laissèrent souffler dans le tuba et appuyer sur les touches de ce qu'ils appelaient un « accordéon ».

Tass s'amusait tellement qu'il ne voyait pas le temps passer. La fête s'animait peu à peu, et il en était déjà à sa deuxième chope de bière lorsqu'il sentit qu'on lui tapait sur l'épaule.

— Bonjour, messire Racle-Pieds.

Le kender fit volte-face, renversant la moitié de sa chope sur les chaussures fraîchement cirées d'Aviron.

— Ah ! tu es là ! Tu tombes bien : j'ai rencontré des gens passionnants ce matin.

— Messire Racle-Pieds, dit Aviron d'une voix tremblante de colère, avez-vous pensé à ce que me ferait dame Cornebière si je vous laissais filer ? Elle me renverrait sûrement !

— Oh ! je suis désolé, répondit Tass, sincère.

— Quand je me suis rendu compte que vous aviez disparu, poursuivit Aviron, j'ai dû mentir à dame Cornebière, et je déteste ça ! Je lui ai dit que vous dormiez encore et que vous nous rejoindriez plus tard. Puis je suis parti à votre recherche en priant pour vous retrouver très vite.

— Eh bien, me voilà ! Et si tu veux vraiment savoir, s'écria Tass, j'essayais de trouver quelqu'un qui puisse nous indiquer le meilleur chemin pour aller à Kenderfoule.

Enfin, j'en avais presque l'intention, admit-il à part lui.

Aviron se calma un peu.

— Alors, qu'avez-vous découvert ?

— Eh bien, je sais où on peut trouver la meilleure bière du festival. Tu en veux un peu ? (Aviron secoua la tête.) Et j'ai repéré un bracelet en argent absolument magnifique. Il ressemble beaucoup à celui que je porte au poignet, d'ailleurs. Et je viens de manger le ragoût le plus délicieux que...

— Messire Racle-Pieds, l'interrompit Aviron, impatient, qu'avez-vous appris sur Kenderfoule ?

Tass se dandina d'un pied sur l'autre.

— En réalité, j'allais commencer mon enquête.

Le jeune homme soupira, prit le kender par le bras et l'entraîna avec lui.

— Espérons que dame Cornebière ait été plus efficace. Elle nous attend près du carrousel.

Ce matin-là, Gisella avait revêtu un ensemble couleur de sable qui lui collait tellement à la peau que Tass se demanda comment elle parvenait à respirer.

— Aviron, Racle-Pieds ! Je commençais à m'inquiéter. J'ai beaucoup de travail en perspective aujourd'hui, et j'ai besoin de me concentrer. Je ne veux pas perdre mon temps à surveiller un kender vagabond, alors tâchez de ne pas trop vous éloigner de moi. (Elle plongea ses yeux sombres et durs dans ceux du kender.) C'est compris ?

Tass déglutit et hocha la tête.

Satisfaite, Gisella ajusta son chapeau et se dirigea en roulant des hanches vers l'échoppe d'un marchand de tissus. D'une main experte, elle commença à palper les rouleaux colorés.

— Bonjour, bel homme, roucoula-t-elle à l'attention d'un vieux nain à demi bossu assis sur un tabouret.

Il devait avoir au moins trois cents ans, et ses bras étaient si poilus qu'il était impossible de savoir où ils se terminaient et où commençait la barbe de leur propriétaire.

— Puis-je parler à messire votre père, le marchand ? demanda-t-elle avec son sourire le plus charmeur.

Le vieux nain détailla ouvertement la silhouette voluptueuse de son interlocutrice.

— C'est moi le marchand ! annonça-t-il en souriant avec concupiscence, ce qui découvrit ses dents gâtées.

Gisella porta une main à sa bouche, feignant la plus grande confusion.

— Vraiment ? Oh ! je suis navrée ! Je ne voulais pas vous insulter ! D'habitude, j'arrive facilement à deviner l'âge des gens ! (Elle fit une moue désappointée.) J'ai tout gâché ! Maintenant, vous ne voudrez plus faire affaire avec moi, et vous avez les plus beaux tissus du marché ! Veuillez accepter toutes mes excuses ! Je ne vous importunerai pas plus longtemps.

Sur ce, elle fit demi-tour.

— Je vous en prie, ne vous excusez pas, demoiselle, euh... ?

— Dame Cornebière, répondit Gisella en dissimulant un sourire de triomphe.

Elle se retourna vers lui. Le poisson avait mordu à l'hameçon ! La journée commençait bien.

— Alors, vous acceptez de traiter avec moi ? Oh ! le merveilleux homme ! Pour vous montrer à quel point je vous en suis reconnaissante, je vais vous acheter deux fois plus de marchandises que je ne puis me le permettre ! Messire Cornebière sera sûrement furieux, mais tant pis ! s'écria-t-elle bravement en relevant la tête.

— Par Reorx, répondit le vieux nain, je ne voudrais surtout pas vous attirer des ennuis. Votre mari ne devrait pas se mettre en colère, il a tellement de chance d'avoir une épouse comme vous ! Et je ne peux imaginer meilleure publicité pour mes tissus que de les voir sur votre délicieuse silhouette. Je vous en vendrai volontiers vingt rouleaux à prix coûtant, si vous me promettez de dire aux gens où vous les avez achetés.

— Les vingt rouleaux que je voudrais ? roucoula Gisella.

— Mon échoppe est toute à vous, dit-il en faisant un ample geste de la main.

Aussitôt, Gisella fondit sur la marchandise, écartant les tissus jugés de qualité inférieure et bombardant le marchand de questions sur le prix, la texture et la provenance des autres.

Tass la regardait faire, admiratif, lorsqu'une cacophonie se déclencha derrière lui. Pivotant vers le carrousel, il vit que celui-ci était sur le point de démarrer. Il esquissa un pas dans sa direction, mais Aviron le retint par la manche.

— Oh ! regarde ! supplia le kender. Les animaux montent et descendent, et il y a même de la musique ! J'aimerais tellement y aller ! S'il te plaît !

Aviron ne répondit pas.

— Viens avec moi, comme ça tu ne me perdras pas, argumenta Tass.

Le jeune homme lança un coup d'œil intrigué au carrousel.

— Je ne sais pas si...

— Allez ! De toute façon, Gisella en a pour toute la matinée. Nous serons de retour avant qu'elle ait remarqué notre absence. Viens !

La curiosité d'Aviron l'emporta sur sa prudence. Après un dernier regard à Gisella, il emboîta le pas au kender.

Tout près du carrousel se dressait un assemblage de leviers, de poulies, de poignées et de chaînes. Un gnome chauve vêtu d'une longue blouse blanche et portant de petites lunettes s'agitait autour du mécanisme.

— Ça-ne-va-pas-du-tout. La-musique-est-trop-lente, marmonna-t-il.

Les gnomes parlaient si rapidement qu'on avait parfois du mal à les comprendre. Le petit personnage tira sur un levier ; la musique s'arrêta. Il actionna une poignée, et elle repartit sur un ton si aigu que les chiens des environs se mirent à hurler à la mort. Finalement, il poussa un bouton et tout redevint normal.

Satisfait, le gnome croisa les bras et hocha la tête. Puis il fronça les sourcils.

— Ah-non ! La-musique-est-mieux-mais-la-licornebouge-trop-lentement. Où-est-ma-clé-à-molette, je-suis-sûr-de-l'avoir-laissée-dans-ce-coin. Quelqu'un-a-dû-me-la-prendre !

Il fouilla les poches de sa blouse, en sortit l'outil recherché et le plongea dans le fouillis mécanique.

Soudain, le kobold du carrousel commença à monter et descendre à toute vitesse, heurtant le plafond et donnant probablement à son jeune cavalier nain la migraine de sa vie.

Le gnome gratta son crâne chauve.

— Ça-doit-être-le-bouton-de-la-licorne, pas-celui-du-kobold, marmonna-t-il en donnant un second tour de clé. (Le kobold ralentit, mais le visage de son passager était verdâtre.) Où-est-ce-maudit-interrupteur ? Je-sais-que-je-l'ai-mis-par-là !

Il plongea la main au milieu des leviers et en tira plusieurs au hasard. Le cygne battit des ailes, le farfadet pinça le derrière d'une passante et la licorne désarçonna son cavalier.

— Je-suis-sûr-qu'il-est-là.   Ou-peut-être-que-je-confonds-avec-celui-de-ma-machine-à-aiguiser-les-bateaux.

— Euh... ce ne serait pas ce gros bouton marqué « Arrêt » ? suggéra Tass.

— Si-seulement-c'était-aussi-simple, grommela le gnome en secouant la tête.

Mais avant qu'il ne puisse protester, Tass avait tendu la main et appuyé sur le bouton. Le carrousel s'immobilisa. Stupéfait, le gnome se tourna vers Tass et, après un instant d'hésitation, se fendit d'un grand sourire.

— Votre carrousel est fantastique, dit le kender. Dès que vous aurez réparé les quelques petits détails qui clochent, il sera parfait. C'est vous qui l'avez inventé ? C'est votre Quête Personnelle ?

Tass savait que les gnomes étaient des inventeurs-

124

nés. Chacun d'eux recevait une quête à sa naissance, et devait la remplir avant de mourir pour pouvoir s'asseoir ensuite à côté du dieu Reorx.

— On peut dire ça comme ça, répondit le gnome en ralentissant son débit pour mieux se faire comprendre. Vous êtes un kender, n'est-ce pas ? Je n'en avais jamais vu auparavant.

Il le détailla de la tête aux pieds jusqu'à ce que Tass se sente comme une mouche prisonnière d'un verre.

— Et moi, je n'avais jamais vu de dragons et d'hippocampes autrement qu'en peinture, dit-il pour détourner l'attention de son interlocuteur. Ils ont l'air tellement réels, on jurerait que vous les avez observés de près — même si c'est impossible, puisque les dragons n'existent pas.

— C'est ce que pensent la plupart des gens, oui, répondit le gnome, l'air absent.

Il se rapprocha de Tass et lui colla presque le nez sur la figure, puis tendit les mains comme pour mesurer son tour de taille.

— Vous n'êtes pas très vieux pour un kender, n'est-ce pas ?

Tass recula, mal à l'aise.

— Vous posez toujours autant de questions à vos clients avant de les laisser monter sur le carrousel ? Si vous avez peur que je sois trop lourd, je vous garantis que je pèse moins qu'un nain, pas vrai, Aviron ?

Mais l'humain n'avait d'yeux que pour Gisella qui atteignait déjà la fin du premier étal de tissu.

— Oui, oui, répondit-il distraitement.

— Est-ce que vous allez bientôt faire redémarrer le carrousel ? demanda Tass. Je n'ai pas beaucoup de temps devant moi, et j'aimerais faire un tour sur ce dragon.

— Bien sûr, tout de suite. Laissez-moi vous aider,

proposa le gnome, tout excité, en le faisant monter sur la plate-forme. Si je puis me permettre, le dragon est un choix excellent !

Tass savait que les dragons avaient été bannis de Krynn par le chevalier Huma, bien longtemps avant sa propre naissance. Il écarquilla les yeux en approchant de la statue de bois. Avec ses ailes puissantes, ses griffes recourbées, sa queue pointue et ses deux rangées de dents acérées, la bête semblait presque vivante. Tass aurait juré voir les muscles se dessiner sous ses écailles écarlates.

Il posa un pied dans l'un des étriers et se hissa sur la selle fixée sur le dos de l'animal. Aviron, lui, choisit le centaure placé juste derrière pour ne pas perdre son protégé de vue. Il s'assit sur le dos soyeux et attendit que le carrousel se remplisse.

Le gnome retourna vers ses leviers et se frotta les mains. Il poussa un gros bouton : la plate-forme se mit à tourner au son d'une musique qui couvrait les autres bruits de la fête. Les animaux montaient et descendaient sur leurs perches. Lorsque le dragon s'envolait, le centaure plongeait. Cette fois, le gnome semblait maîtriser la situation. Il bondissait sur place en souriant de toutes ses dents.

Tass était ravi.

— Je suis sûr que c'est exactement comme ça quand on monte un vrai dragon ! s'exclama-t-il. Dommage qu'il n'y en ait plus sur Krynn !

C'est alors qu'il sentit l'animal vibrer sous son poids.

— Oh, oh ! J'espère qu'il est bien attaché ! J'en parlerai au gnome en redescendant.

Mais à la grande surprise du kender, le carrousel ne sembla pas vouloir ralentir. Pire, le dragon remuait de plus en plus, et il avait vraiment du mal à rester sur son dos. Il se demanda si Aviron rencontrait les mêmes problèmes, mais n'osa pas se retourner pour s'en assurer. Il se baissa sur le cou de sa monture qu'il entoura de ses bras. Pourquoi ce stupide gnome n'arrêtait-il pas le carrousel ? Avait-il encore oublié l'emplacement du bouton ?

Aviron commençait à s'inquiéter lui aussi. Il fit un signe de la main au gnome, pour lui demander de ralentir. Mais celui-ci sourit d'un air étrange et ne bougea pas.

Alors la perche sur laquelle était fixé le dragon éclata en mille fragments. Aviron ouvrit la bouche pour avertir Tass ; son sang se figea dans ses veines lorsqu'il vit l'animal tourner la tête vers le kender et étendre ses ailes, ses muscles roulant sous ses écailles rouges.

Le dragon était vivant !

Aviron ferma les yeux. Il devenait fou ! Mais lorsqu'il les rouvrit, le centaure le regardait avec curiosité.

— Sans vouloir me mêler de ce qui ne me regarde pas, je crois que le dragon s'en va avec votre ami, lui dit-il.

CHAPITRE XIV

Lorsque Phinéas s'éveilla le lendemain matin, il ne se souvenait de rien. Le ciel était chargé de nuages menaçants et le vent avait fraîchi. L'humain serra sa couverture autour de lui en frissonnant ; des feuilles mortes vinrent lui balayer la figure. Il se leva à contre-cœur. Son dos lui faisait mal, et il se sentait d'une humeur massacrante.

Levant les yeux, il vit qu'Epinglette s'était déjà levé et avait remballé leurs affaires. Assis sur un muret, le kender mordait joyeusement dans une miche de pain aux céréales.

— Bonjour ! le salua-t-il en agitant la main.

— Ça commence mal, grogna Phinéas, sautillant pour se réchauffer.

— Vous vous êtes levé du mauvais pied, on dirait, remarqua son compagnon.

— Si j'avais dormi dans un lit, je n'en serais pas là ! Passez-moi donc un bout de pain.

Epinglette s'exécuta de bon cœur.

— Un jour parfait pour explorer les Ruines, dit-il, plein d'entrain. Le beau temps attire des kenders de la ville et des créatures des souterrains.

Phinéas s'interrompit au milieu d'une bouchée.

— Des créatures ? dit-il comme si ce simple mot avait un goût répugnant.

Le kender hocha la tête.

— Oh, vous savez, le genre de monstres qu'on trouve dans les ruines : lézards, serpents, rats, chauves-souris, araignées, limaces géantes, gobelours, norkers...

— Je vois, répondit Phinéas, l'air sombre.

— Vous voulez un peu d'eau ? proposa Epinglette en lui tendant sa gourde.

Phinéas but une longue gorgée pour faire descendre le pain.

— Pourquoi ne m'avez-vous pas parlé des monstres plus tôt ?

Epinglette lui jeta un regard étonné.

— Et que croyiez-vous trouver dans des ruines ? La Guilde des Boulangers ?

— Je pensais qu'elles seraient vides, tout simplement.

— Oh, non ! A vrai dire, elles regorgent de monstres. Une fois, j'ai vu un gobelours arracher la tête à un poney. Quant au cavalier, il...

Phinéas sentit le pain qu'il avait avalé refaire le trajet en sens inverse. Il se concentra pour ne pas prêter attention aux paroles d'Epinglette.

— ... Mais vous êtes un docteur, vous devez bien savoir à quoi ressemble l'intérieur d'un humain. (Le kender sauta du mur et prit son poney par la bride.) Vous êtes prêt ? Dites, ça n'a pas l'air d'aller.

— Le pain a du mal à passer, gémit Phinéas.

— Nous pouvons rentrer à Kenderfoule si vous voulez, proposa Epinglette. Moi, j'ai déjà été dans les Ruines des centaines de fois — il ne reste pas grand-chose à y découvrir.

— Alors pourquoi Damaris est-elle venue ici ?

Epinglette haussa les épaules.

— Pourquoi pas ? Autrefois, on y trouvait plein de reliques ; tout a été nettoyé depuis longtemps. De nos jours, survivre à un séjour dans les Ruines n'est plus qu'une sorte de rite de passage.

— Su-survivre ? s'étrangla Phinéas.

Epinglette plissa les yeux.

— Vous ne seriez pas du genre peureux, par hasard ?

— Je suis prudent, nuance. Je n'ai pas très envie qu'on m'arrache la tête, répondit Phinéas, sur la défensive.

— Alors, que voulez-vous faire ? Rentrer à Kenderfoule ou rester ici ?

Phinéas se frotta les yeux. Tant que Damaris ne serait pas rentrée en ville, Tasslehoff n'aurait aucune raison d'y revenir. Et sans Tasslehoff, pas de carte au trésor.

— On reste, dit-il d'une voix faible.

— Bravo ! s'exclama Epinglette en lui flanquant une claque dans le dos. J'espère seulement qu'on ne rencontrera pas de morts-vivants, parce que j'ai oublié de prendre de l'eau bénite.

Puis il saisit son poney par la bride et s'engagea dans les ruines. Phinéas prit une profonde inspiration et lui emboîta le pas.

La ville qui se dressait là autrefois avait dû être de bonne taille, car les blocs de pierre s'étiraient sur plusieurs centaines de pieds dans toutes les directions, disparaissant petit à petit au milieu des arbres et des fossés. Phinéas et Epinglette cheminèrent pendant quelques minutes le long d'une large rue pavée envahie par les mauvaises herbes. De chaque côté de la chaussée s'élevaient des piles de rocs ; certains bâtiments étaient encore presque intacts — seuls leurs portes et leur toit avaient disparu.

Arrivé à une intersection, Epinglette s'arrêta pour attendre Phinéas. La rue qu'ils allaient traverser était près de trois fois plus large que celle qu'ils avaient suivie jusque-là, et s'incurvait à droite comme à gauche, faisant une courbe gracieuse.

— C'est une des artères principales, commenta le kender. Elle fait le tour des Ruines. Souvenez-vous-en si jamais nous sommes séparés pour une raison ou pour une autre. Il vous suffit de retrouver cette rue pour revenir à votre point de départ. Pour l'instant, je propose que vous cherchiez à droite pendant que je regarderai à gauche.

— Chercher quoi ? couina Phinéas.

— Des signes du passage de Damaris, bien sûr.

— Quel genre de signes ?

— Je ne sais pas, moi ! Des empreintes de pas ou de sabots, des cailloux retournés, les restes d'un feu, n'importe quoi ! Gardez les yeux ouverts.

Phinéas haussa les épaules. Une fois, quand il avait sept ans, il avait suivi sa petite sœur dans de la neige fraîche et il avait été à deux doigts de perdre sa trace. Il avait comme l'impression qu'il n'allait pas briller aujourd'hui.

Pendant toute la matinée, il suivit Epinglette dans ses explorations, s'attendant à chaque pas à ce qu'un horrible monstre lui saute dessus. Mais son compagnon et lui ne rencontrèrent rien de plus dangereux que des chauves-souris et un couple de mille-pattes géants, qui eurent l'air aussi pressés de s'éloigner que l'humain et le kender de les voir partir.

Ils s'arrêtèrent pour déjeuner à côté de ce qui avait autrefois dû être un bassin. Phinéas attacha les poneys à un reliquat de colonne ; Epinglette sortit de la viande séchée. Ils mangèrent en silence pendant quelques minutes, puis Phinéas posa la question qui le tourmentait depuis le début de leurs infructueuses recherches :

— Et s'il était arrivé quelque chose à Damaris ? Si elle avait... disparu ? Ou eu un accident ?

Epinglette réfléchit, les sourcils froncés.

— C'est possible, mais je crains plutôt qu'elle ne se soit déjà lassée des Ruines et qu'elle ne soit partie ailleurs en quête d'aventure. Comme vous l'avez constaté vous-même, il n'y a pas grand-chose à voir ici.

— Où a-t-elle pu aller, dans ce cas ? Y a-t-il d'autres lieux, euh... intéressants à proximité ?

— Non, je ne crois..., commença Epinglette. (Il s'interrompit :) Attendez, il y a bien la Tour. Elle fait partie des Ruines, mais je crois que personne n'y a jamais été. Ça ne coûte rien d'essayer.

Il bondit sur ses pieds et entraîna Phinéas vers un bosquet. Les arbres et les buissons formaient une masse presque impénétrable, à l'intérieur de laquelle on n'y voyait pas à trois pas. Saisissant son bâton, Epinglette entreprit de ménager un passage dans la verdure, Phinéas lui collant aux talons.

— Qu'est-ce qu'il y a dedans ? demanda l'humain en s'efforçant de slalomer entre les ronces.

— La Tour ! La cinquième Tour des Sorciers, qui est tombée en ruine peu de temps après le Cataclysme. Elle ne pose pas de problème en elle-même, mais elle doit encore être protégée par un bois enchanté.

Phinéas s'arrêta net.

— Mais qu'est-ce qui vous prend, de nous conduire dans un bois magique ? Avec une Tour des Sorciers au milieu, par-dessus le marché ! Vous êtes complètement fou ! s'écria-t-il. (Une pensée le traversa.) Attendez une minute. Je ne vois aucune Tour, et ces arbres n'ont rien de magique. Et puis, comment savez-vous tout ceci ?

— L'enchantement ne produit pas d'effets physi-

ques, expliqua le kender avec patience. Il se contente
d'amplifier les sentiments que vous ressentez et de les
rendre plus difficiles à contrôler.

— Par les dieux, vous êtes un imbécile, Epinglette !
Vous me prenez vraiment pour un simple d'esprit !
(Phinéas plissa les yeux.) Oh ! mais je vois clair dans
votre petit jeu : vous essayez de me faire peur pour
que je m'en aille, et que vous soyez le seul à retrouver
Damaris. Comme ça, vous pourrez rentrer à Kenderfoule en héros, et récupérer la carte de votre neveu. (Il
flanqua une bourrade à son compagnon.) Mais vous
n'avez pas affaire à un idiot de kender !

Son cœur battait à tout rompre ; il ne s'était jamais
senti si furieux et si effrayé à la fois.

— Idiot de kender ! s'écria Epinglette, rouge de
colère. Comment osez-vous, espèce de sac puant ! Fils
de hobgobelin !

Il brandit son bâton d'un air menaçant. Phinéas
n'attendit pas de voir ce qu'il avait l'intention de faire
avec ; il se jeta à genoux et rampa sous le buisson le
plus proche. Il devait absolument atteindre la Tour et
retrouver Damaris Météo avant Epinglette.

— Phinéas, revenez ! appela Epinglette, les yeux
embués de larmes. Qu'est-ce que j'ai dit ? Je ne le
pensais pas ! Ça fait des années que je ne dis que des
choses que je ne pense pas. Sauf celles que je viens
juste de dire. Enfin je crois.

Il n'y comprenait plus rien ; c'était comme si son
cœur allait se briser dans sa poitrine. *Phinéas est tout
seul dans les bois, et c'est ma faute !* songea-t-il,
désespéré. De gros sanglots le secouèrent, et il bondit
à la suite de l'humain sans se soucier des branches qui
lui fouettaient la figure ni des épines qui déchiraient
ses vêtements.

L'air disparut instantanément de ses poumons tandis

qu'il heurtait de plein fouet une autre créature ; le choc l'envoya voler dans un buisson tout proche. Les yeux fermés, il sentit quelqu'un lui sauter dessus et le secouer comme pour détacher sa tête de ses épaules.

— Phinéas ? appela-t-il faiblement, en s'efforçant de repousser son assaillant.

Mais celui-ci le saisit au collet et pressa sa bouche sur la sienne d'une façon particulièrement insistante. Du coup, Epinglette se mit à espérer que ce n'était pas Phinéas. Il ouvrit une paupière hésitante.

Damaris Météo !

Le visage ridé d'Epinglette se fendit d'un immense sourire. Il ne se rappelait pas que la fille du maire était si jolie. Ses longs cheveux avaient la couleur et l'odeur du beurre frais ; sa queue-de-cheval se divisait en six petites tresses dans lesquelles elle avait piqué des plumes colorées. Ses yeux étaient bleu pâle, et, au moment où Epinglette referma ses bras autour d'elle, il se rendit compte qu'elle était mince et plutôt musclée. Sa veste de laine était sale et déchirée, son pantalon rouge couvert de boue et de brindilles, et elle n'avait pas encore développé le réseau de rides faciales qu'Epinglette trouvait si attirant chez une femme — mais elle n'en demeurait pas moins terriblement séduisante.

— Je ne sais pas qui vous êtes, mais vous n'embrassez pas trop mal, chuchota Damaris contre les lèvres du kender.

Le son de sa voix était pareil à une clochette mélodieuse. Pourtant Epinglette sursauta.

— Qu'est-ce que c'est ? demanda-t-il en la repoussant. Tu n'entends pas quelque chose ?

— Oh, si, gloussa-t-elle.

Elle se pencha et lui murmura une phrase obscène dans le creux de l'oreille.

— Par les dieux ! s'exclama Epinglette, admiratif. Je crains que mon jeune neveu ne se sente quelque peu dépassé par la situation lorsqu'il t'aura en face de lui !

Damaris se releva d'un bond.

— Ne me dis pas que tu es l'oncle de cet ignoble lâcheur de Tasslehoff Racle-Pieds ?

— Euh, en quelque sorte, balbutia-t-il. Mais nous ne sommes pas vraiment proches. Si tu veux savoir la vérité, je ne l'aime pas beaucoup. Je ne l'ai jamais aimé. Je lui cracherais même dessus s'il était là en ce moment.

Damaris bouillait de colère.

— Lui cracher dessus serait beaucoup trop gentil. Moi, je commencerais pas le clouer au sol, puis je lui arracherais ses cils et ses ongles, et je lui couperais les doigts un par un pour qu'il ne puisse plus jamais crocheter une serrure de sa vie !

Epinglette s'éloigna à reculons.

— Euh, oui, ça devrait lui faire comprendre à quel point tu es mécontente.

Il n'avait aucune envie d'attiser sa colère — seulement de reprendre leur activité précédente là où ils s'étaient interrompus. Mais les yeux de la jeune fille brillaient de haine.

— Et ce ne serait que le début ! ajouta-t-elle en se frottant les mains.

Elle expliqua dans quel ordre elle avait l'intention d'arracher les organes vitaux de Tass, puis conclut :

— Et pour finir, je lui remplirai le nez et la bouche de coton et je le regarderai exploser !

— N'oublie pas de lui laisser les poumons, alors, répondit Epinglette. (Il pencha la tête de côté.) Ça y est, ça recommence.

Une énorme créature surgit des buissons. Elle semblait humanoïde malgré son front bas, ses bras inhabituellement longs et son absence de menton, sans compter qu'elle mesurait près de dix pieds ! Damaris ouvrit la bouche, stupéfaite. Mais Epinglette savait reconnaître un ogre quand il en voyait un.

— Trop de bruit ! gémit la créature.

Puis, saisissant un kender sous chaque bras, elle fit quelques pas dans le sous-bois et se laissa tomber dans une fosse gigantesque. Damaris se mit à hurler et à frapper leur ravisseur, mais Epinglette aimait le tour imprévu que prenait l'aventure. Il se contenta donc d'attendre la suite des événements.

Sans s'arrêter, l'ogre bondit dans un tunnel sombre qui déboucha quelques dizaines de pieds plus loin sur une grotte sentant le renfermé. Son sol était couvert de sable, et un escalier montait le long d'une de ses parois. Au milieu de la salle se dressait une table rudimentaire, faite d'une grande planche posée sur deux rochers ; sur cette table était ligoté Phinéas, inconscient.

L'ogre laissa tomber les deux kenders par terre.

— Qu'est-ce que vous lui avez fait ? demanda aussitôt Epinglette en désignant Phinéas.

— Mais rien ! s'exclama l'ogre, offensé. Il gigotait tellement que j'ai dû l'attacher pour l'empêcher de se blesser. Il va très bien, je vous le promets.

— Attendez un peu ! Comment se fait-il que vous parliez la langue commune ? demanda Damaris, soupçonneuse.

L'ogre leva les yeux vers le plafond.

— Depuis le temps, je devrais savoir qu'on ne peut rien attendre des kenders. (Il poussa un profond soupir.) Bien. Commençons par le commencement. Je m'appelle Vincent. Et vous ?

Damaris et Epinglette échangèrent un regard interloqué. Un ogre civilisé ? Très intéressant.

Epinglette tendit sa petite main, qui disparut aussitôt dans la grosse patte de l'ogre.

— Epinglette Pieds-Poilus, à votre service, dit-il poliment. (Il fit un geste vers sa compagne.) Je vous présente Damaris Météo.

Satisfait, Vincent s'approcha d'un tas de caisses et se mit à fouiller dedans.

— Du poisson fumé, des carottes et du gâteau, ça vous ira pour dîner ? demanda-t-il par-dessus son épaule. Oups, désolé, je n'ai plus de gâteau. Des pommes rôties feront-elles l'affaire ?

Epinglette en avait déjà l'eau à la bouche, mais il s'inquiétait pour Phinéas.

— Eh bien, ça me semble parfait, mais à vrai dire nous sommes un peu pressés.

Il saisit la main de Damaris et s'approcha de Phinéas pour le secouer.

— Asseyez-vous ! rugit l'ogre en le repoussant.

Epinglette haussa les sourcils. Ça n'allait pas être aussi facile qu'il l'avait cru.

— Vous allez rester ici et me tenir compagnie jusqu'à ce que j'en décide autrement ! poursuivit Vincent en croisant ses bras massifs sur son torse.

Phinéas s'agita sur la table. *Oh non, pas maintenant,* songea Epinglette. *Si seulement il avait pu dormir encore un peu.*

Apparemment, le dieu des kenders était disposé à l'écouter. Phinéas ouvrit les yeux, regarda ses liens et pencha la tête vers Vincent qui, le visage rouge de colère, toisait les deux kenders. L'humain ouvrit la bouche pour parler, mais aucun son n'en sortit. Ses yeux roulèrent dans leurs orbites, et il s'évanouit à nouveau.

CHAPITRE XV

Aviron regarda le dragon animé étendre ses ailes.

— Cette chose devra d'abord me passer sur le corps si elle veut emmener messire Racle-Pieds, annonça-t-il.

Il regretta aussitôt ses paroles, car le centaure baissa obligeamment la tête et, d'une ruade, le propulsa sur la queue du dragon.

Celui-ci semblait grossir au fur et à mesure qu'il s'élevait dans les airs. Lorsque Aviron recouvra ses esprits, il était déjà trop tard pour sauter. Le jeune homme s'accrocha de toute ses forces malgré les écailles pointues qui lui rentraient dans la peau.

Pendant ce temps, Tass avait surmonté le choc initial et, tout heureux, enfonçait ses talons dans les flancs du monstre.

— Messi...re Racle-Pieds, gémit Aviron.

Son estomac s'agitait bizarrement dans son ventre. Le kender se retourna à demi sur sa selle.

— Aviron ! Mais qu'est-ce que tu fais là ? Tu as vu, j'avais raison de t'emmener faire un tour de carrousel. Ce gnome est un génie ! s'écria-t-il. (Puis, baissant les yeux vers le sol, il fronça les sourcils et siffla doucement.) Hé, on est drôlement loin ! C'est tout juste si j'aperçois encore Roslöviggen !

— Où sommes-nous ? demanda Aviron, l'air mourant.

— Je ne sais pas, mais on est bien au-dessus, en tout cas !

Comme s'il n'attendait que cette remarque, le dragon vira sur la droite et entama une descente en spirale vers les montagnes. Quelques secondes plus tard, Tass aperçut la silhouette d'une forteresse se détachant contre la blancheur immaculée des sommets.

Le dragon plongea vers une des quatre tours du château et atterrit sur la plate-forme qui la surmontait. Aviron regarda autour de lui, hébété.

— Je crois qu'il nous a emmenés ici exprès, fit remarquer Tass.

— Vraiment ? Qu'est-ce qui vous fait dire ça ? articula le jeune homme.

Le kender donna un coup de poing dans leur monture.

— Parce que ce dragon est redevenu une statue de bois.

Il se laissa glisser à terre ; Aviron le suivit avec mille précautions.

— Qui-est-là ? demanda une voix nasale à quelques pas d'eux. Mon-frère-sait-il-que-vous-avez-emprunté-son-dragon ?

Tass jeta un coup d'œil prudent par-dessus le dragon. Un gnome, vêtu d'un pantalon vert trop grand pour lui, d'une chemise jaune sale, d'un tablier bleu et d'un chapeau orange se tenait debout près d'une trappe ; il regardait autour de lui de ses petits yeux dissimulés derrière une paire de lunettes rondes.

— Allez-montrez-vous, le-dragon-ne-revient-jamais-seul-ici. Je-sais-que-vous-êtes-là.

— Vous savez, dit Tass en faisant le tour de l'animal de bois, vous devriez vraiment faire un effort pour parler moins vite.

— Voyons voir ce que nous avons là, dit le gnome en ralentissant son débit. Un humain en proie au mal de l'air, et un petit humanoïde tout fripé. Hum. Pas très poli, une queue-de-cheval et un tas de poches. Sans doute un kender ou un meerkimo. Non, les meerkimos ont disparu pendant le Cataclysme. Donc ça doit être un kender ; depuis le temps que nous en cherchons un ! Entrez, entrez, pas la peine de rester là sous le soleil ; ce n'est pas bon pour la peau.

— Tasslehoff Racle-Pieds, annonça le kender en tendant sa petite main. Et vous êtes... ?

Le gnome saisit sa main, la regarda sous toutes les coutures et la lâcha sans y accorder plus d'intérêt. Puis il fit demi-tour et redescendit par la trappe.

Tass et Aviron s'entre-regardèrent, essayant de comprendre ce qui leur arrivait. La tête du gnome réapparut brièvement.

— Allons, venez. Il n'y a aucun autre moyen de descendre de là, sauf en sautant par-dessus les créneaux. Et très peu de spécimens optent pour cette solution.

Il disparut à nouveau.

Aviron toussota.

— Euh, j'ai comme un mauvais pressentiment, messire Racle-Pieds, dit-il à voix basse.

Le gnome revint, portant un bâton au bout duquel il avait attaché une pomme.

— J'ai à maaaaaanger, chantonna-t-il en agitant le bâton sous leur nez. De belles pooooooooommes rooooouges. Des caaaaaaarottes. Du laaaaaaapin. Des inseeeeeeeectes. Enfin, je ne sais pas ce que vous mangez, mais j'en ai à l'intérieur.

140

— Des pommes ? (Tass n'avait pas vraiment faim, mais il était toujours prêt à manger.) J'adore les pommes.

Il se dirigea vers la trappe.

Aviron le saisit par le bras et lui fit faire volte-face.

— Je n'aime pas ça du tout, messire Racle-Pieds, chuchota-t-il, effrayé. Dans quel sorte d'endroit mange-t-on des insectes ?

— Bon d'accord, ça ne vaut pas l'*Auberge du Dernier Refuge*, concéda Tass. Mais il n'y a qu'un seul moyen de savoir où nous sommes.

Il s'engouffra par la trappe avant que le jeune homme n'ait pu le retenir. Ce dernier poussa un soupir et descendit à sa suite.

Ils arrivèrent dans un étroit escalier qui aboutissait à un couloir de pierre mal éclairé. Devant eux, le gnome leur faisait des signes impatients.

— Allez, dépêchez-vous ! J'ai d'autres choses à faire, vous savez ! s'écria-t-il en repoussant ses lunettes sur son nez.

Tass trottina jusqu'à son niveau.

— Où allons-nous ? Et qui êtes-vous, si je puis me permettre de reposer la question ?

— Non, vous ne pouvez pas. Mon frère ne vous a donc rien dit ? grommela le gnome. C'est toujours pareil : il me laisse le plus désagréable. Eh bien cette fois, ça ne prend pas. Il vous dira tout lui-même à son retour.

— J'espère qu'il ne va pas tarder, objecta Aviron, parce que nous devons rentrer à Rosloviggen au plus vite. Dame Cornebière doit déjà être très en colère après nous.

Ils débouchèrent dans une immense salle.

— Hou ! s'écria Tass. On dirait le musée de Palanthas !

Chaque pouce de la pièce, à l'exception de deux étroites allées, était couvert de longs présentoirs de verre montés sur socle. A l'intérieur reposaient toute sorte de papillons, de fourmis, de guêpes et autres insectes proprement étiquetés.

— Vous êtes collectionneur ? demanda Tass en pressant le nez contre une vitrine.

— Comment avez-vous deviné ? répondit le gnome, sarcastique.

Il les fit passer sous une arche portant la lettre C gravée dans la pierre. De l'autre côté se trouvait une salle encore plus immense que la précédente ; elle contenait des présentoirs hauts de plusieurs étages et renfermant chacun une créature empaillée.

— Ce sont des dinosaures, souffla Tass, émerveillé. Je ne savais pas qu'ils étaient aussi gros.

Il se tordit le cou pour apercevoir la tête du plus grand, puis baissa les yeux vers la plaque apposée sur le socle : « Apatosaurus, 220 ».

— Vous collectionnez aussi les dinosaures ! Que veut dire ce chiffre ?

— Evidemment que nous collectionnons les dinosaures ! s'exclama le gnome, au bord de l'exaspération. Nous collectionnons tout. Ce chiffre signifie que l'apatosaurus a rejoint notre collection en l'an 220.

— Mais c'était il y a plus de cent vingt ans, protesta Tass. Vous ne semblez pas être aussi vieux.

Le gnome se fendit d'un sourire rayonnant.

— N'est-ce pas ? (Puis il se renfrogna à nouveau.) Vous essayez de m'extorquer des renseignements, alors que je vous ai dit d'attendre mon frère.

— Vous pourriez au moins nous dire qui vous êtes, pourquoi ce dragon s'est animé et où nous nous trouvons, demanda Aviron d'une voix tremblante.

Le gnome se mordit les lèvres et conduisit le jeune

homme et le kender dans un petit laboratoire circulaire attenant à la salle d'exposition. Des étagères couvraient les murs du sol au plafond ; elles regorgeaient de récipients en verre classés par couleur plus que par taille ou par fonction. Au centre de la pièce se trouvait une table d'alchimiste encombrée de flacons et de bocaux remplis de petites créatures baignant dans du liquide. De minces volutes de fumée s'échappaient de deux cornues ; une déplaisante odeur de médicaments flottait dans l'air.

Aviron regarda autour de lui et sentit un frisson courir le long de sa colonne vertébrale.

— A vrai dire, articula-t-il, nous pouvons très bien nous passer de la réponse à nos questions. Si vous voulez bien nous montrer la sortie, nous rentrerons à Rosloviggen et nous ne vous ennuierons plus.

Il saisit le bras de Tass et commença à reculer vers la porte.

— Parfait ! s'exclama une voix derrière eux. (Tass et Aviron sursautèrent et firent volte-face comme un seul homme.) Vous-êtes-arrivés-sans-encombre. Quel-soulagement !

Le gnome du carrousel pénétra dans le laboratoire, l'air épuisé. Il ôta ses gants de cuir et se laissa tomber dans un fauteuil.

— Quelle-journée ! grommela-t-il en enlevant ses lunettes et en se frottant les yeux. Comment-allons-nous-ramener-le-carrousel, Ligg ? J'ai-oublié. De-toute-façon, il-ne-fonctionnait-pas-bien, et-puis-l'anneau-de-téléportation-a-eu-un-raté-et-je-me-suis-retrouvé-à...

— Comment-ça, il-ne-fonctionnait-pas-bien ? s'indigna le second gnome. Il-fonctionnait-parfaitement ! Mais-je-parie-que-tu-as-encore-trafiqué-la-musique, n'est-ce-pas, Bozdilcrankinthwakidorieux ?

Son frère lui jeta un regard contrit.

— J'en-étais-sûr ! ragea le gnome au pantalon vert. Tu-vas-me-rendre-fou ! A-partir-de-maintenant, c'est-moi, Oliggantualixwedelian, qui-irai-chercher-les-spéci-mens !

— Comment ça, les spécimens ? couina Aviron.

Bozdil jeta un regard étonné à son frère.

— Oui, expliqua Ligg en se calmant un peu, j'atten-dais que tu reviennes pour tout leur expliquer. Moi, je vais aller m'occuper des vitrines. (Il se tourna vers l'humain et le kender.) Au revoir. Ce fut un plaisir de bavarder avec vous.

Bozdil tendit la main et saisit son frère par le col.

— Veuillez l'excuser, dit-il avec un sourire contrit à Tass et Aviron. C'est toujours un moment difficile. Je sais ce que nous allons faire : je vais vous montrer des exemples.

— En fait, dit Aviron en regardant fébrilement autour de lui, je préférerais que vous nous montriez la porte. (Il vint se placer devant Tass.) Vous compre-nez, je suis chargé de la protection de messire Racle-Pieds. Je ne voudrais surtout pas vous offenser, mais nous devons absolument repartir. Ne nous obligez pas à vous faire du mal, ajouta-t-il d'un air qu'il espérait raisonnablement menaçant.

Ligg lui jeta un regard sévère.

— Je vous en prie, pas de ça ici. Tâchons de nous comporter en êtres civilisés.

— Mon-dieu-mon-dieu-mon-dieu, marmonna nerveu-sement Bozdil, nous nous y prenons complètement de travers ! Venez avec nous et vous comprendrez tout !

— Allez, Aviron, dit Tass d'un ton conciliant, de toute façon, ils ne nous laisseront pas partir avant que nous ayons vu ce qu'ils veulent nous montrer. Autant aller jeter un coup d'œil puisque nous sommes là.

Aviron passa sa langue sur ses lèvres.

— D'accord, capitula-t-il. Mais nous partirons aussitôt après.

Les deux gnomes s'entre-regardèrent et se mirent à glousser. Puis Bozdil donna un coup de coude à son frère, et ils redevinrent instantanément sérieux.

— C'est à K comme kender, ou à D comme demi-humains ? demanda Ligg.

— Plutôt à C pour choses à trente-deux côtes, ou à B comme bipèdes.

— On va vérifier.

Ligg saisit une chandelle et alla chercher sur une étagère un gros tome couvert de poussière. Il le posa sur la table et commença à le feuilleter en toussotant.

— Ha, ha, j'avais raison ! s'exclama-t-il triomphalement en désignant une page du doigt. C'est à K comme kender.

— Non, *c'était* à K comme kender, le corrigea Bozdil d'une voix lasse. Tu ne te souviens pas ? Il y a dix ans, nous avons tout réorganisé pour faciliter l'inventaire.

— Ah, oui ! (Le visage de Ligg s'éclaira.) Je me rappelle ! Nous l'avons mis dans la salle d'exposition douze.

Bozdil ouvrant la marche, ils traversèrent plusieurs pièces remplies de vitrines de toutes les tailles et arrivèrent enfin dans la salle douze. Là, ils passèrent devant toute sorte de présentoirs contenant des créatures empaillées : dryade, nain des ravins, esprit-follet, nain des montagnes ou elfe.

Bozdil s'arrêta devant une vitrine vide, sur la plaque de laquelle était inscrit le mot « kender ». Il adressa un sourire forcé à Tass.

— Vous comprenez maintenant pourquoi c'est difficile ?

Tass le regarda et secoua la tête.

— Non, pourquoi ?

— Ne m'obligez pas à le dire ! explosa Bozdil. Vous comprenez, nous n'avons rien contre vous, mais c'est notre Quête Personnelle. Nous devons récolter un spécimen de chaque race, pour que nos descendants puissent savoir à quoi ressemblait un kender... par exemple.

« Oh ! ne me regardez pas comme ça ! poursuivit-il en voyant l'expression choquée de Tass. Vous croyez que ça nous plaît ? Si j'avais pu choisir, j'aurais certainement opté pour autre chose, n'est-ce pas, Ligg ? »

— A qui le dis-tu ! s'exclama son frère. J'envie presque le cousin Gleekfub qui doit compter les raisins dans les muffins jusqu'à la fin de ses jours !

Bozdil se tourna vers ses prisonniers.

— Vous ne pouvez pas imaginer à quel point ce travail est difficile. Prenez l'exemple des trolls : on ne peut les tuer qu'en les brûlant ou en les plongeant dans de l'acide, et après, ils ne sont plus tellement présentables. Nous avons eu beau chercher, nous n'avons pas encore trouvé de solution.

— Et je ne vous parle pas des troglodytes, renchérit Ligg. Ils peuvent changer de couleur à volonté ; si notre spécimen décide de devenir vert au dernier moment, et que nous avons choisi un bocal de cette teinte, il nous faudra tout recommencer depuis le début. Le choix du présentoir est d'une importance capitale !

— Si je comprends bien, vous avez l'intention de me mettre à mariner dans un... un bocal ? balbutia Tass, le souffle coupé.

— Jamais de la vie ! le rassura Bozdil.

Le kender poussa un soupir de soulagement.

— Nous empaillons toujours les mammifères. Au

fait, j'aurai besoin de votre nom et de votre date de naissance pour mes registres, poursuivit le gnome. (Il leva les yeux vers Tass.) Je vous l'ai déjà dit : ne le prenez pas mal, vous nous êtes très sympathique, mais nous avons une quête sur les bras.

— Oui, eh bien moi, je le prends *très* mal, couina Aviron, tout pâle, les yeux écarquillés par la terreur.

Bozdil lui jeta un regard sévère.

— Mais je n'ai pas besoin de vous ! Nous avons déjà un spécimen humain mâle. C'est vous qui vous êtes jeté sur mon dragon sans invitation.

Ces propos ne rassurèrent que très modérément le jeune humain. Il ne voyait plus qu'une solution.

— Courez, messire Racle-Pieds ! s'exclama-t-il en saisissant le kender par le col et en l'entraînant hors de la pièce.

Tass trébucha sur son bâton, se rétablit de justesse et s'élança dans le couloir à la suite de son ami. Les deux fuyards prirent plusieurs tournants, puis Aviron se décida à ouvrir une porte.

Un rugissement l'arrêta net. La pièce était déjà occupée par un lion des montagnes, encore bien vivant. Le jeune homme referma le battant en hâte.

— Hé, mais j'ai mon bâton ! On n'a rien à craindre ! s'écria Tass.

— Je ne crois pas que ça suffirait contre un animal de ce genre, répondit Aviron, grimaçant.

— Ne t'inquiète pas, je n'ai pas peur, dit le kender en bombant le torse.

— Tant mieux, parce que je suis assez effrayé pour deux.

Ils essayèrent cinq autres portes et tombèrent successivement sur une fosse à crocodiles, un énorme gorille avec des dents pareilles à des dagues acérées, quelque chose qui ressemblait à un tas de détritus ambulant, un scorpion de six pieds de long et une pièce tellement envahie par les toiles d'araignée qu'Aviron ne voulut même pas chercher à savoir ce qu'elle contenait. Seul point positif, Bozdil et Ligg n'étaient nulle part en vue.

Finalement, ils pénétrèrent dans une pièce haute et vide à l'exception de quelques colonnes massives.

— Il n'y a pas d'autre issue, constata le kender, dépité.

Déjà la porte claquait derrière eux.

— Nous sommes désolés de devoir en arriver là, dit la voix de Bozdil étouffée par le lourd battant de bois. Si vous vous étiez montrés un peu plus civilisés, nous vous aurions permis d'admirer nos collections et de dîner avec nous ce soir. Nous vous aurions même donné une jolie chambre d'amis. Nous n'avons pas beaucoup de visiteurs, vous savez.

— Mais vous avez tout gâché par votre égoïsme, reprit Ligg sur un ton accusateur. Alors ne venez pas dire que c'est notre faute.

Leurs pas s'éloignèrent dans le couloir.

— A côté du sort qu'ils nous réservent, le mariage présentait quelques avantages, il faut l'avouer, soupira Tass en s'asseyant sur le sol de pierre.

Aviron ne répondit pas. Epuisé, il se laissa tomber à côté du kender et s'endormit.

Tass entendit un bruit, non loin d'eux, comme si quelqu'un pleurait. Le kender se releva et, sur la pointe des pieds, fit le tour de toutes les colonnes.

Il faillit pousser un cri de surprise. Derrière l'un des piliers, gisant dans l'ombre, se trouvait une sorte de gros éléphant couvert de longs poils gris qui sanglotait à fendre l'âme. La créature leva la tête et aperçut Tass.

— Je suis navré, dit-elle en reniflant, je ne savais pas qu'il y avait quelqu'un d'autre.

— Mais... tu parles ! s'exclama le kender en faisant un pas en avant.

— Bien sûr ! Tous les mammouths à poil laineux savent parler, non ?

— Euh, je n'en suis pas certain. Je n'en ai jamais rencontré, mais il ne me semble pas que ce soit le cas.

La créature poussa un soupir qui ressemblait à un barrissement.

— Moi non plus, je n'en ai jamais rencontré.

Une grosse larme roula le long de ses défenses. Tass s'agenouilla à côté de la créature et lui tapota l'épaule de sa petite main.

— Qu'est-ce qui ne va pas ? Ne pleure pas comme ça, tu vas provoquer une inondation ! gloussa-t-il pour tenter de dérider la pauvre bête.

— Et alors ? De toute façon, les gnomes vont nous tuer.

Tass commençait à comprendre.

— Ne t'inquiète pas, nous allons trouver un moyen de sortir d'ici, dit-il, optimiste. Ensuite, on t'emmènera avec nous.

Le mammouth rouvrit les yeux et s'assit tant bien que mal.

— C'est gentil, dit-il avec tristesse, mais je suis trop gros pour passer par les portes. Cette salle est le dernier endroit du château où je puisse me tenir debout.

— Alors comment t'ont-ils fait entrer ? demanda Tass en fronçant les sourcils.

— Ils m'ont amené ici quand j'étais encore tout petit, répondit le mammouth d'une voix lasse.

— Il y a combien de temps ?

— Une quinzaine d'années, je crois.

— Ils te gardent prisonnier depuis tout ce temps ? fit Tass, incrédule.

— Oh, ce n'est pas leur faute, dit l'animal comme s'il cherchait à excuser ses geôliers. Je vais tout vous raconter. Bozdil m'a trouvé au cours d'une de ses expéditions de chasse aux spécimens. A l'époque, je n'étais qu'un bébé mammouth. Il m'a dit que je traînais tout seul dans les collines de Zériak, et que ma mère m'avait abandonné. Il m'a ramené ici, mais Ligg a dit que j'étais trop petit pour figurer dans leur collection. Alors ils ont décidé d'attendre que je grandisse. (Il poussa un énorme soupir.) Ils m'ont nourri et ils ont joué avec moi : ils ne voulaient pas que je devienne trop gras. Ils m'ont même appris à parler. Ils m'ont toujours traité comme leur animal familier, gémit le mammouth en reniflant bruyamment.

Réveillé en sursaut, Aviron.

— Messire Racle-Pieds ? demanda-t-il, hésitant.

— Aviron, je te présente, euh..., dit Tass en regardant le mammouth d'un air interrogateur.

— Les gnomes m'appellent Winnie, répondit la créature. Enfin, à peu près, parce que je n'ai jamais réussi à prononcer en entier le nom qu'ils m'ont donné.

Tass lui tapota une patte.

— Moi, je suis Tasslehoff Racle-Pieds et voici mon ami Aviron. (Il se tourna vers le jeune humain éberlué.) Il faut trouver un moyen de sortir Winnie d'ici ! Bozdil et Ligg ont l'intention de le tuer !

— Ils nous réservent exactement le même sort, lui rappela Aviron, soucieux.

Le jeune humain se mit à faire les cent pas, les mains croisées derrière le dos.

— On n'a qu'à leur sauter dessus quand ils nous apporteront à manger, suggéra Tass. On les assomme, et...

Winnie releva la tête, apeuré.

— Oh, non ! Je ne vous laisserai pas leur faire de mal ! Ils sont ma seule famille !

Tass se mordit les lèvres.

— Mais eux, ils n'hésiteront pas à te bourrer de coton !

Winnie secoua sa grosse tête.

— C'est le problème. Jusqu'à présent, ils n'ont pas pu se résoudre à me tuer. Pourtant, ils ont besoin d'un spécimen de mammouth à poil laineux. Mais ils viennent me voir de moins en moins souvent depuis quelque temps ; alors je suppose que la fin est proche.

Il se remit à sangloter de plus belle.

Réflexion faite, c'est bien pire que de se marier, songea Tass.

— On va trouver quelque chose, Winnie, ne t'en fais pas, dit-il d'un ton qui se voulait rassurant.

Mais pour une fois, il n'avait pas même le commencement d'une idée.

CHAPITRE XVI

— Vous ne voulez pas me faire croire que c'est de la soie ! ricana Gisella en écartant négligemment un rouleau de tissu bleu vif.

— Bien sûr que si ! s'exclama le vieux nain en saisissant un coin de la marchandise incriminée. Regardez comme elle présente peu d'imperfections.

Il avait raison, et Gisella en était consciente. Elle voulait ce tissu, il serait si doux contre sa peau, et sa couleur mettrait si bien en valeur ses cheveux de feu ! Sans compter qu'après s'être taillé une robe dedans, elle pourrait tirer un bénéfice substantiel du reste du rouleau. Seulement, elle refusait de payer le prix demandé.

— D'accord, trois pièces, mais pas une de plus !

— Trois et demie, dit le nain en secouant la tête.

— Vendu ! s'écria Gisella.

Ce n'était pas la meilleure affaire qu'elle ait faite de sa vie, mais pas la plus mauvaise non plus. Maintenant, elle devait amener le marchand à lui consentir un crédit jusqu'à ce qu'elle se procure un peu de liquide. Elle passa sa langue sur ses lèvres, et...

Un cri retentissant s'éleva derrière elle.

Aviron et Racle-Pieds ! Gisella fit volte-face. Ils n'étaient plus dans l'échoppe. La naine se tourna vers la chose que le baron avait appelée un carrousel. Elle distingua un espace vide sur la plate-forme, comme si une des statues de bois avait disparu. Quant aux clients, ils ne se seraient pas enfuis plus vite s'ils avaient eu un démon aux trousses. Beaucoup de spectateurs se tenaient à une distance respectable du manège, le nez en l'air.

Gisella leva les yeux à son tour ; la précieuse soie bleue lui glissa des mains. Tasslehoff Racle-Pieds survolait la ville, juché sur une créature ailée qui ressemblait à un dragon de légende. Un humain — *son* humain, se dit-elle, écœurée —, était accroché à la queue de la bête, imitant un nœud sur un cerf-volant.

— Tasslehoff Racle-Pieds, redescendez immédiatement ! hurla Gisella en levant le poing. Toi aussi, Aviron ! Tu étais censé le surveiller ! Je te licencie !

Mais d'où pouvait bien venir cette créature ?

— Mon-dieu-mon-dieu-mon-dieu, gémit une voix à côté de la naine. Où-est-ce-fichu-anneau ?

Gisella baissa les yeux et vit un gnome chauve, vêtu d'une longue blouse blanche, qui fouillait fébrilement dans ses poches.

— Etes-vous le propriétaire de cette chose ? demanda-t-elle sur un ton peu amène en désignant le carrousel. (Puis, sans attendre de réponse :) Qu'est-ce qui s'est passé ? Je vous considère comme entièrement responsable. Dites-moi où ce truc emmène mes amis !

— Ha-ha ! s'exclama le gnome en brandissant victorieusement un anneau d'or. J'aimerais-vraiment-bavarder-avec-vous,-mais-je-suis-très-pressé. Une-autre-fois-peut-être.

Et, sans laisser à Gisella le temps de réagir, il enfila l'anneau, ferma les yeux et zap ! disparut en un éclair.

Gisella regarda autour d'elle, éberluée. Plus aucune trace du petit personnage. En revanche, elle aperçut un nain en uniforme et se dirigea vers lui.

— Excusez-moi, colonel, commença-t-elle de sa voix la plus aimable.

— Je ne suis que capitaine, ma dame, corrigea l'interpellé en rougissant sous sa barbe.

— Oh, vraiment ? Sauriez-vous par hasard où habite le gnome à qui appartient ce carrousel ? demanda Gisella en se rapprochant de son interlocuteur.

— Peut-être dans la forteresse des montagnes, mais je n'en suis pas sûr. Demandez à la mairie.

— Très bien. Où est-elle ? s'enquit la naine, impatiente.

— Euh... de l'autre côté du square ; mais elle est fermée jusqu'à la fin du Festival d'Octobre.

— Enfin, c'est insensé ! explosa Gisella. Une des créatures de ce gnome vient de partir avec mes deux amis, et je dois attendre trois jours pour qu'on me dise où il habite ?

Son visage était rouge de fureur.

— J'en ai peur, ma dame, répondit le capitaine sur un ton d'excuse. Si vous voulez, je peux envoyer une patrouille à leur recherche...

Gisella lui flanqua une claque vigoureuse dans le dos.

— Parfait ! Je savais bien qu'on pourrait...

— ... Mais vous devrez quand même attendre trois jours, parce que tous les hommes sont en mission, termina le soldat.

Le sourire de la naine se figea.

— Très bien ! s'exclama-t-elle, glaciale. Puisque c'est comme ça, je vais m'en occuper moi-même !

Le capitaine bredouilla quelques mots et battit en retraite.

— Excusez-moi, ma dame, mais j'ai l'impression

que vous avez besoin d'aide, dit une voix masculine derrière Gisella.

La naine fit volte-face, irritée. Soudain, ses yeux s'agrandirent et elle poussa un soupir de contentement. L'homme qui venait de parler était un humain grand et musclé, à la mâchoire carrée et aux yeux de jais. Ses cheveux étaient noirs et bouclés ; il portait des vêtements coûteux et une armure d'écailles impeccable. Seul son nez, légèrement retroussé, lui donnait un air un peu porcin qui rompait l'harmonie de ses traits.

— Denzil, à votre service, dit l'inconnu en s'emparant de la main de Gisella pour la baiser.

La naine rougit et se mit à glousser comme une écolière.

— Gisella Cornebière, répondit-elle en minaudant.

— Puis-je vous aider ? Je n'ai pu m'empêcher de surprendre votre conversation, et vous semblez être dans la détresse.

— Oui. Une espèce de monstre est parti avec mon employé et un kender que je ramenais à un client, dit Gisella en sentant ses oreilles s'échauffer à nouveau.

— Je suppose que ce n'était pas prévu au programme.

— Pas par moi, en tout cas.

Gisella réfléchit quelques instants. Aviron était trop innocent pour manigancer une chose pareille ; le kender se moquait complètement de rentrer chez lui ou non. Donc ce devait être l'œuvre de quelqu'un d'autre.

— Le pire, c'est que personne ne veut enquêter sur cet enlèvement ! Aucune patrouille ne sera disponible avant trois jours, et je dois absolument les retrouver ! Racle-Pieds doit être à Kenderfoule d'ici une semaine.

— Il doit avoir beaucoup d'importance pour que vous soyez prête à risquer votre vie pour lui, dit Denzil en dévisageant son interlocutrice.

— Pas à ce point ! protesta Gisella. Il peut me

rapporter beaucoup d'argent, mais je n'ai pas l'intention de mettre mon existence en danger pour le récupérer.

— Alors, laissez-moi vous aider, offrit Denzil avec galanterie. Les montagnes ne sont pas un endroit convenable pour une dame seule.

Les événements prenaient un tour inattendu, mais qui ne déplaisait pas à Gisella, qui jugea donc inutile de révéler à son interlocuteur qu'elle avait passé presque toute sa vie à voyager seule — parfois dans des endroits bien pires qu'une simple chaîne de montagnes.

— Je n'ai pas d'argent pour vous dédommager, dit-elle en battant des cils. Mais peut-être pourrions-nous trouver un autre arrangement ?

— Je n'ai jamais eu besoin de négocier ce genre de choses, répondit Denzil en lui jetant un regard appuyé. De toute façon, je ne vous demande rien. Je suis à la recherche d'une carte, et mon enquête m'a conduit jusqu'à Rosloviggen. Je vais dans la même direction que vous ; j'apprécierai un peu de compagnie sur la route.

Gisella lui adressa un sourire charmeur, qu'il lui retourna aussitôt. La naine nota avec une pointe de regret que ses yeux, eux, restaient froids. Mais elle n'avait pas l'intention de faire la difficile face à une telle aubaine.

— Ne perdons pas de temps, suggéra son nouveau compagnon. Mon cheval m'attend de l'autre côté de la rue. Si nous nous dépêchons d'aller chercher vos affaires, nous pouvons atteindre les montagnes avant midi.

Ignorant les protestations du marchand de tissu (que de toute façon elle ne pouvait pas payer), Gisella suivit Denzil jusqu'à une écurie, dont il ressortit avec le plus grand étalon noir qu'elle ait jamais vu.

Quelque chose dans cet animal la perturba un peu. Ses naseaux avaient une teinte rougeâtre, et il soufflait autant de vapeur qu'une machine à charbon. Mais surtout, ses sabots ne faisaient aucun bruit sur les pavés.

Denzil se mit en selle et tendit la main à Gisella.

— Euh... il ne serait pas un peu magique, votre cheval ? demanda la naine en fronçant les sourcils.

— Si. Kran est un palefroi de la nuit. Pourquoi, il vous fait peur ?

— Rien ne me fait peur ! s'écria Gisella, déterminée.

Denzil la souleva sans effort et la mit en croupe, puis, suivant ses indications, il se dirigea vers le manoir du baron. Gisella entoura de ses petits bras la taille du guerrier, s'appuya contre son dos musclé et laissa échapper un soupir de bien-être.

*
* *

Ils escaladèrent le flanc de la montagne sur un tapis d'aiguilles de pins craquantes, pour ne s'arrêter dans une petite clairière que lorsque le soleil eut disparu derrière la cime des arbres.

Gisella n'entendait chanter aucun oiseau ; sans savoir pourquoi, elle était certaine que la faute en incombait au palefroi de la nuit. Elle frissonna et serra contre elle sa cape de voyage.

Denzil entreprit de dresser le camp pour la nuit. Il alluma un feu, déplia son sac de couchage et sortit de ses sacoches de quoi dîner. Alors il se rendit compte que la naine avait disparu. Le rouge de la colère — la seule émotion qu'il se permettait d'exprimer —, lui monta aux joues.

Gisella réapparut presque aussitôt, enveloppée d'un châle rouge. Elle souriait de toutes ses dents.

— J'ai trouvé un petit torrent, pas loin d'ici. L'eau était atrocement froide, mais...

Denzil bondit vers elle et la saisit par le bras avec brutalité.

— Ne recommencez jamais ça.

Gisella se figea.

— Mais je n'en ai eu que pour quelques minutes. (Elle haussa le ton :) De toute façon, qui êtes-vous pour me donner des ordres ? Lâchez-moi, vous me faites mal.

Denzil s'exécuta à contrecœur.

— S'éloigner est dangereux. Qui sait ce qui se cache dans ces bois ?

Gisella n'y comprenait plus rien. Se pouvait-il que cet homme si séduisant se fasse du souci pour elle ? Relevant le menton, elle alla s'asseoir sur un rocher, à côté du feu.

— Qu'est-ce qu'on mange ? demanda-t-elle avec froideur.

Quelles qu'aient été ses intentions véritables, elle ne voulait pas qu'il s'en tire comme ça.

Denzil lui tendit un choix de rations — rien de très appétissant, mais Gisella n'avait rien avalé depuis le petit déjeuner. Aussi se mit-elle à manger d'assez bonne grâce.

Après le dîner, le guerrier s'allongea sur son sac de couchage et entreprit de se curer les dents.

— Cette nuit me rappelle mon poème favori. Aimez-vous la poésie ? demanda-t-il, plongeant son regard dans les flammes, comme s'il ne s'adressait pas vraiment à Gisella.

Sans attendre la réponse de la naine, il se mit à déclamer des vers d'une voix chaude.

Quand il eut fini, Denzil se tut quelques instants, puis ajouta :

— La Chanson des Oiseaux de la Forêt de Wayreth, de Quivalen Sath.

Gisella admirait le profil décidé de son compagnon. *Quel homme étrange,* songeait-elle, *à la fois violent et sensible.* Elle sentit son cœur se soulever dans sa poitrine, et comprit qu'il n'existait qu'un seul moyen de calmer ses battements affolés.

Se penchant, elle prit le visage de Denzil dans ses mains et pressa ses lèvres contre les siennes. Le guerrier esquissa un geste pour la repousser ; elle resserra son étreinte jusqu'à ce qu'il se détende. Finalement, il la prit dans ses bras et lui rendit son baiser avec ardeur. Le châle de Gisella glissa à terre.

CHAPITRE XVII

Damaris posa une main apaisante sur l'épaule de l'humain qui hurlait.

— Puis-je faire quelque chose pour vous ? Vous n'avez pas l'air d'aller bien.

Phinéas était toujours assis sur la table de Vincent, appuyé contre le mur de la caverne, et il bavait de frayeur. Lorsque la jeune kender lui adressa la parole, il la regarda pour la première fois, et une lueur de compréhension passa au fond de ses yeux.

— Damaris Météo, je présume ?

— C'est moi, répondit-elle en hochant la tête. A qui ai-je l'honneur ?

Epinglette s'acquitta des présentations.

— Bien. Maintenant que cette question est réglée, dit l'ogre en vaquant à ses travaux ménagers comme si rien n'était, je suis certain que vous vous plairez ici. La grotte est confortable, et je passe pour être un bon cuisinier.

— Mais nous ne pouvons pas rester ! gémit Phinéas en tirant sans succès sur les liens de ses poignets.

— Et pourquoi ? demanda Vincent un ton plus haut, les mains posées sur les hanches.

— Pas maintenant, Phinéas, souffla Epinglette.

En règle générale, et comme tous ceux de sa race, le kender n'était guère prudent. Mais il était assez lucide pour réaliser qu'une colère imprévue de l'ogre risquait de mettre fin à une expérience très intéressante : le reste de sa vie.

— Ce que veut dire mon ami, se hâta-t-il d'expliquer à leur hôte, c'est que nous ne voudrions pas vous déranger.

Vincent sourit de toutes ses dents ébréchées.

— Pas du tout : vous êtes les bienvenus. J'adore avoir de la compagnie, c'est d'ailleurs pour ça que je suis ici.

— Je vous demande pardon ?

Même Epinglette ne pouvait en croire ses oreilles.

Vincent posa des poissons séchés sur des assiettes en fer-blanc.

— Oui, enfin, indirectement. Il y a quelques années, je suis venu dans la région avec un groupe de pillards du Royaume des Ogres. (Il versa une cuillerée de sauce blanche sur le poisson.) J'ai été blessé par une flèche, et mes compagnons m'ont abandonné. Ils pensaient que j'allais mourir, mais un kender m'a découvert et m'a soigné avec des herbes. C'est lui qui m'a appris votre langue, dit-il en se tournant vers Damaris.

— Et après ? Pourquoi n'êtes-vous pas rentré chez vous ?

— Vous êtes sacrément curieuse, pas vrai ? Si vous voulez savoir, mon peuple ne m'appréciait pas beaucoup. Apparemment, je n'étais pas assez assoiffé de sang, pour un ogre. Tuer et terroriser les gens, ça va bien de temps en temps, mais je ne pouvais pas vivre que pour ça, vous comprenez ? (Il haussa les épaules, les yeux embués de larmes.) Bref, je n'avais pas vraiment de raison de retourner chez moi.

— Mais ça n'explique toujours pas pourquoi vous vous êtes installé ici, au milieu des bois, poursuivit Damaris.

— J'ai décidé de rendre à mon tour service à ceux qui m'avaient aidé : quel meilleur moyen que de les soustraire aux effets magiques du bosquet enchanté ? Je suis donc devenu une sorte de sentinelle volontaire.

— Mais, euh, balbutia Phinéas, vous croyez vraiment que retenir des kenders prisonniers est leur rendre un grand service ?

— Oh ! je ne les garde pas toute leur vie ! Et puis, me tenir compagnie est quand même moins désagréable que de mourir de peur dans le bois. Je suis toujours poli et amical envers mes invités, et je leur fais de la très bonne cuisine.

— Je suppose que la politesse est une qualité importante quand on est aussi laid que vous, fit remarquer Damaris avec la franchise de sa race.

Vincent lui jeta un regard noir et ne releva pas. Tout le monde se mit à manger avec enthousiasme, Phinéas excepté.

Après le dîner, l'ogre repoussa son assiette et lâcha un rot sonore.

— Que voulez-vous faire à présent ? Une partie de cartes ? De dés ? De billes ? J'ai tout ce qu'il faut.

— Et si on jouait à « Laissons partir les prisonniers » ? grommela tout bas Phinéas.

Epinglette lui jeta un regard d'avertissement.

— Euh..., vous n'auriez pas plutôt un mikado ? demanda-t-il à l'ogre.

— Si ! C'est même mon jeu favori ! s'exclama Vincent.

Il bondit vers une caisse dans laquelle il pêcha un tube d'ivoire ouvragé. Puis il s'assit sur le sol, sortit les bâtonnets de bois et commença à les réunir dans son poing. Soudain, il pencha la tête de côté.

— Vous avez entendu ? Une autre personne vient d'entrer dans le bois ! (Il bondit sur ses pieds.) Je dois aller la chercher avant qu'elle ne réussisse à en sortir toute seule !

Il ouvrit un placard et y prit une gigantesque chaîne qu'il traîna vers l'extérieur de la grotte.

— Sans vouloir vous vexer, je préfère fermer ma porte solidement. J'ai laissé beaucoup de kenders seuls ici, et je ne les ai jamais revus par la suite. Le plus bizarre, c'est qu'en partant ils replacent toujours la chaîne pour me faire croire qu'ils se sont volatilisés par magie.

— Peut-être ne passent-ils pas par la porte ? suggéra Epinglette.

— Ils sont bien obligés. Il n'y a pas d'autre issue. Bon, je reviens dans quelques minutes. N'essayez pas de vous sauver.

Il ferma la porte. Epinglette, Damaris et Phinéas l'entendirent manipuler un gros cadenas de l'autre côté.

Phinéas se leva et se mit à faire les cent pas.

— Croyez-vous qu'il nous laissera partir s'il a quelqu'un d'autre pour lui tenir compagnie ?

Damaris secoua la tête, faisant voler ses cheveux blonds.

— Ça n'en a pas l'air. Commence, dit-elle en se tournant vers Epinglette.

— Ne me dites pas que vous allez rester ici à ne rien faire ! s'écria Phinéas.

— Bien sûr que non. On va jouer au mikado, répliqua Epinglette en se concentrant pour tirer un bâtonnet.

— Pourquoi ne pas plutôt chercher une autre sortie ? suggéra l'humain.

Epinglette haussa les épaules.

— Parce que Vincent nous a appris qu'il n'y en

avait pas. Cela dit, ce serait peut-être intéressant d'explorer le reste de cet endroit.

— Tu dis ça parce que tu as fait bouger le bâtonnet bleu ! protesta Damaris.

Phinéas leva les yeux au ciel.

— On s'en moque, de votre jeu ! (Il désigna l'escalier qui courait le long d'une des parois de la grotte.) Ces marches doivent bien mener quelque part, quand même !

Epinglette tendit une main et aida Damaris à se relever. Coquette, la jeune fille passa une main dans ses cheveux pour se recoiffer tandis que ses deux compagnons saisissaient chacun une torche allumée.

— Après vous, offrit courageusement Phinéas, s'écartant pour laisser les kenders passer les premiers.

La main de Damaris dans la sienne, Epinglette commença à grimper les marches couvertes de mousse. Phinéas les suivit à bonne distance.

— D'après la forme circulaire de cette grotte, je parierais que nous sommes dans le sous-sol de la Tour des Sorciers, dit Epinglette au bout de quelques minutes. Je me demande même pourquoi je n'y ai pas pensé plus tôt.

— Quelle importance ? demanda Phinéas en haussant les épaules.

— Oh, presque rien, répondit Epinglette, insouciant. Mais nous risquons de tomber sur un vieux reste de magie.

A cette pensée, Damaris tout excitée lui serra la main.

— Comment ça, un vieux reste de magie ? couina Phinéas.

— Je ne sais pas, moi. Un sort qui ne s'est jamais déclenché, ou des monstres gardiens, par exemple...

— Oh !

L'humain déglutit. Peut-être avait-il été un peu imprudent de sa part de proposer une exploration des lieux.

— Si ça se trouve, on va trouver un vieux sorcier abandonné, solitaire et amer, qui pratique son art sur les kenders, dit rêveusement Damaris. Avec un peu de chance, il nous transformera en...

Elle s'interrompit brusquement. Devant elle, l'escalier donnait sur une pièce un peu plus grande que la grotte de Vincent, et plus somptueusement meublée. Avec un cri de ravissement, les deux kenders s'élancèrent vers un bureau en bois ouvragé et commencèrent à y chercher des tiroirs secrets.

Phinéas fit le tour de la pièce. Les murs étaient couverts d'étagères remplies de gros volumes. Penchant la tête pour déchiffrer leur titre, l'humain découvrit que l'un d'eux était consacré aux plantes médicinales. Il s'en empara, le glissa sous son bras et se retourna.

Sur le bureau qu'étaient en train de fouiller les deux kenders reposait un encrier, une plume, une paire de lunettes et un verre de vin, tous couverts d'une bonne couche de poussière. Phinéas fronça les sourcils. De nombreux kenders avaient dû venir ici au cours des siècles passés, comment se pouvait-il qu'il y restait autant de choses ?

Soudain, Epinglette claqua des doigts.

— Je savais bien que cet endroit me disait quelque chose ! Il ressemble au dessin de la moitié de carte que j'ai donnée à Tasslehoff...

Damaris releva la tête.

— Venez voir, j'ai trouvé une espèce de levier !

Avant que Phinéas puisse ouvrir la bouche pour lui recommander d'être prudente, il entendit un « ping ! » sonore. La pièce se remplit d'un brouillard pourpre strié d'émeraude qui éteignit les torches.

— Damaris, qu'est-ce que vous avez encore fait ? gémit Phinéas en se jetant à terre.

— Euh, je ne sais pas trop. En tout cas, c'est plutôt joli... Vous ne trouvez pas ?

Une rafale de vent balaya la brume. Lorsque Phinéas rouvrit les yeux, une grande ouverture rectangulaire était apparue dans un des murs de pierre ; les deux kenders se précipitaient dedans.

— Non ! N'y allez pas ! hurla Phinéas.

Peine perdue. Ses compagnons se jetèrent tête la première dans le trou en s'exclamant :

— Chouette ! De la magie !

Le brouillard vert et violet les engloutit.

Phinéas était pétrifié par la terreur, mais il n'avait guère le choix. S'il redescendait dans la grotte, il devrait affronter un ogre très en colère.

Se mordant les lèvres, il ordonna à ses jambes de le conduire jusqu'à la porte magique.

CHAPITRE XVIII

Cher Flint, commença Tass en tirant la langue pour mieux s'appliquer. Perplexe, il se gratta le menton. Il ne savait pas quoi écrire après. Que pouvait-on bien mettre dans une lettre d'adieu ?

Aviron et Winnie dormaient encore. La veille, ils avaient fait un délicieux repas de poulet grillé, d'oignons bouillis, de pudding et de bière maison. Le jeune humain, qui n'avait jamais bu d'alcool de sa vie, n'avait pas tardé à être ivre mort. Pendant que Tass rassemblait ses pensées, il ronflait, une joue pressée sur le sol de pierre de leur cellule.

Le kender mâchonna le bout de sa plume d'oie. Décidément, les mots ne venaient pas. *Adieu à jamais*. Non, beaucoup trop larmoyant. Il fit une boulette de son parchemin et l'expédia d'un coup de pied nonchalant. Puis, saisissant la feuille suivante, il recommença.

Cher Flint, tu es mon meilleur ami et tu me manqueras beaucoup.

Non, pas ça non plus. Flint détesterait. Tass froissa la feuille et lui fit suivre le même chemin que les précédentes. Il constata alors qu'il ne lui restait plus que trois des parchemins apportés par Ligg.

Je vais commencer par Tanis, ce sera plus facile.

Résolument, il reprit la plume et écrivit :

Cher Tanis, Aviron et moi — tu te souviens d'Aviron, n'est-ce pas ? C'est l'humain qui travaille pour Gisella Cornebière, la naine aux cheveux rouges qui est venue me chercher à Solace pour me ramener à Kenderfoule. Aviron sait parler aux animaux, il s'y connaît en navigation et il ne me crie pas dessus tout le temps comme Flint.

Tass s'interrompit, et après quelques secondes de réflexion barra sa dernière phrase au cas où Flint lirait par-dessus l'épaule de Tanis. Il imaginait déjà ses amis, assis devant la cheminée de l'*Auberge du Dernier Refuge*, trinquant à sa santé avec des larmes plein les yeux.

Depuis qu'on s'est quittés, il m'est arrivé pas mal de choses intéressantes. Nous avons rencontré un groupe de nains des ravins qui ont perdu tout le contenu du chariot de Gisella en le descendant le long de la falaise ; ensuite nous avons fait naufrage et j'ai presque failli me noyer.

J'ai même chevauché un dragon pendant le Festival d'Octobre, à Rosloviggen. Je suis sûr que ça t'aurait plu. Evidemment, ce n'était qu'une statue de bois construite par un gnome du nom de Bozdil — ou peut-être par son frère Ligg, je n'ai pas pensé à le leur demander. Le dragon faisait partie d'un karou... carrou... un truc rond qui joue de la musique en tournant.

Bref, j'étais monté sur le dos du dragon et tout à coup il a décollé ! Bozdil n'a pas voulu me dire comment il réussit ce tour, mais c'était vraiment bien tant qu'on est restés en l'air.

Le seul problème, c'est qu'on a finalement atterri dans le château où vivent les deux gnomes et ils veulent me tuer pour m'exposer dans une vitrine et accomplir leur Quête Personnelle. Ils prévoient de faire la même chose à leur familier Winnie, un mammouth à poil laineux, ce qui n'est pas gentil du tout de leur part. Ligg est plus grand et plus costaud que son frère. Je crois que c'est lui qui construit tout ici. Bozdil est celui qui ramène les spécimens.

J'ai demandé à Aviron si on y voit encore quand on est mort et empaillé. J'aimerais bien observer les gens qui vont venir me regarder ; comme ça, le temps me paraîtra moins long.

J'arrive à ma dernière feuille de parchemin ; il faut que je te laisse. Je me suis beaucoup amusé avec vous tous (même avec Raistlin, je suppose). Dis à Flint que je n'ai jamais pris ses insultes au sérieux et que moi aussi je l'aime beaucoup.

Tass relut sa dernière phrase et décida qu'elle sonnait bien. Comme il avait les larmes aux yeux, il se hâta de conclure pour ne pas mouiller l'encre et être obligé de tout recommencer. Après avoir signé : *ton ami, Tasslehoff Racle-Pieds*, il agita le parchemin pour le faire sécher plus vite. Puis il plia toutes les feuilles, et écrivit sur la dernière : *Tanis Demi-Elfe, Solace*. Il savait que quelqu'un du village garderait la lettre jusqu'au retour de son ami.

Tass ne pleurait pas parce qu'il avait peur de la mort. Comme tous les kenders, il considérait le trépas comme la dernière grande aventure. Seule la pensée d'être séparé à tout jamais de ses amis lui causait un profond chagrin.

C'est alors que la porte s'entrouvrit ; Bozdil passa la tête par l'encadrement.

— C'est l'heure des essayages ! annonça-t-il sur un ton joyeux.

Aviron et Winnie ouvrirent un œil.

— Essayages ? Mais de quoi ? demanda Tass.

— Ligg-et-moi-nous-avons-pensé-que-mettre-les-spécimens-dans-des-vitrines-intéressantes-les-rendrait-plus-agréables-à-admirer, répondit le gnome en évitant de croiser le regard du kender.

— Oh, oh ! murmura Winnie à l'attention d'Aviron. C'est juste une excuse pour le faire sortir d'ici sans éveiller ses soupçons. Personne ne revient jamais d'une séance d'essayage.

— Venez avec moi, Racle-Pieds, enjoignit Bozdil. (Puis, voyant que le kender saisissait son bâton :) Pas la peine de prendre votre arme, vous n'en aurez pas besoin.

— Où est Ligg ? s'enquit Tass en emboîtant le pas à son geôlier.

— Euh..., il prépare des choses, répondit vaguement Bozdil. Il nous rejoindra bientôt.

— Très bien. Comment avez-vous l'intention de procéder ? Allez-vous me donner un grand coup sur la tête, empoisonner ma nourriture ou m'étouffer avec un oreiller ?

Bozdil frissonna.

— Vous ne trouvez pas déplacé de parler de ça ? (Il tapota la main du kender d'un air qui se voulait rassurant.) Moins vous y penserez, mieux ça vaudra.

Ils marchèrent en silence pendant quelques minutes, puis s'arrêtèrent devant une porte.

— Nous y voilà, annonça Bozdil d'une voix tendue. La salle d'essayage.

Et il poussa le battant de bois.

Tass laissa échapper un petit cri émerveillé. A l'intérieur de la pièce, des milliers de récipients en verre de toutes les couleurs scintillaient dans la lumière des torches.

— On dirait des gemmes, souffla-t-il. Je n'ai jamais vu autant de couleurs à la fois depuis que quelqu'un a cassé le vitrail de l'*Auberge de l'Arc-en-Ciel* à Kenderfoule.

— Oui, répondit Bozdil d'un air suffisant. Nous fabriquons notre propre verre, de façon à ce qu'il soit solide et coloré, mais assez fin pour qu'on voie au travers. Rien n'est trop beau pour nos spécimens. Voyez-vous quelque chose qui vous plairait ?

Tass se mit à bondir d'une rangée de jarres à l'autre, pareil à une abeille dans un champ de fleurs. Après avoir écarté les récipients qui l'obligeraient à se tenir dans une position peu glorieuse, il s'arrêta devant un énorme bocal bleu cobalt, mince et néanmoins spacieux, le genre de conteneur dont un kender pouvait être fier. Tass essaya de s'imaginer à l'intérieur. Il voulait donner la meilleure image possible de son peuple.

— Ha, ha ! s'exclama Bozdil en battant des mains, l'air ravi. Je savais que vous choisiriez un récipient bleu ; ça va si bien avec votre pantalon. Au fait, la façon dont vous êtes habillé est-elle typique des kenders ?

— Euh, je crois, répondit Tass, pris au dépourvu.

— Venez, je vais vous aider à entrer dedans.

Le gnome croisa les mains pour en faire une petite marche. Très excité, Tass escalada la jarre et se laissa tomber à l'intérieur.

Sa respiration produisait un écho bizarre dans le récipient. Le kender colla son nez et ses mains contre la paroi de verre et cria :

— Qu'est-ce que vous en pensez ?

— C'est parfait ! jubila Bozdil.

Tass vit remuer les lèvres du gnome, mais n'entendit aucun son en sortir. *L'éternité risque d'être difficile à comprendre d'ici,* songea le kender, chagriné.

Soudain, le bocal se mit à trembler sous ses pieds. Un air de profonde stupéfaction se peignit sur le visage de Bozdil, qui bondit aussitôt hors de la pièce.

Tass cogna contre la paroi de verre. Que se passait-il ? Probablement quelque chose d'excitant, et le kender n'avait pas la moindre intention de rester enfermé pendant que les autres s'amusaient. Tendant les bras vers le haut, il sauta jusqu'à pouvoir saisir le bord du récipient et se hisser à l'extérieur.

Alors il réalisa alors que c'était l'ensemble du château qui tremblait. Puis un énorme craquement retentit quelque part au fond d'un couloir.

*
* *

Tout un pan de mur venait de s'écrouler. Dans un nuage de poussière, Winnie le mammouth s'élança lourdement vers Bozdil, Aviron agrippant à pleines mains le poil laineux de son dos.

— Qu'est-ce-qui-se-passe ? hurla Bozdil. C'est-un-musée-ici, pas-une-arène. Au-nom-de-la-science, arrê-tez-immédiatement-ce-carnage !

Winnie s'immobilisa.

— Nous partons, annonça Aviron, verdâtre, et nous voulons récupérer messire Racle-Pieds.

Il brandit le bâton du kender d'un air qu'il espérait menaçant.

— Il-n'en-est-pas-question, répondit Bozdil, rouge de colère. C'est-un-spécimen.

— Vous ne l'avez pas déjà empaillé, n'est-ce pas ? demanda Aviron, anxieux.

— Si. Vous-arrivez-trop-tard, répondit Bozdil, un sourire mauvais aux lèvres.

Aviron déglutit péniblement.

— Rendez-vous, et-nous-ferons-preuve-de-clémence, poursuivit le gnome.

Winnie secoua sa grosse tête.

— Je refuse de négocier, dit-il fermement. Vous ne me ferez pas subir le même sort qu'au pauvre Tasslehoff. J'ai décidé de partir avec mon nouvel ami Aviron. N'essayez pas de m'en empêcher, je ne voudrais pas devoir vous faire du mal.

Et il se dirigea d'un pas pesant vers Bozdil. A ce moment, le kender émergea de la salle d'essayage.

— Tass ! s'écrièrent Winnie et Aviron. On croyait que tu étais mort !

Bozdil se retourna pour lui bloquer le passage, mais le kender le bouscula et se précipita vers ses deux amis.

— Si vous saviez comme je suis content de vous retrouver ! s'exclama-t-il en grimpant tant bien que mal sur le dos du mammouth. Où est la sortie ?

— Je ne sais pas, répondit Aviron, mais on finira par la trouver.

Winnie baissa la tête et enfonça une autre porte, chambranle et pan de mur compris.

— Oh ! s'exclama Tass, ravi. Regarde, là-bas !

Mais le mammouth avait déjà repéré l'immense double battant qui devait conduire à la liberté. Il se rua dessus, le fit voler en éclats et, sous une avalanche de pierres, dévala le flanc de la montagne en barrissant.

*
* *

Plus bas sur la pente, Gisella et Denzil chevauchaient en file indienne le long d'une piste étroite. En émergeant de l'ombre d'un gros rocher, la naine leva la tête et aperçut la silhouette d'un château qui se découpait contre le ciel. Bizarrement, la bâtisse semblait osciller sur ses fondations. Plissant les yeux, Gisella crut distinguer deux silhouettes perchées sur un énorme animal poilu et se dirigeant vers eux à toute allure.

— Regarde, dit-elle à Denzil en tendant l'index.

Le guerrier scruta l'horizon.

— Je vois. Tu crois que ce sont tes amis ?

— C'est difficile à dire, ils sont encore loin... Mais le premier cavalier a l'air beaucoup plus petit que le second, et je jurerais qu'il tient un bâton. Oui, ce sont sans doute Aviron et Racle-Pieds. Ils ont dû trouver une autre statue animée, gloussa Gisella.

— Très bien. Nous allons les attendre ici.

— Excellente idée. Que dirais-tu de nous occuper agréablement jusqu'à leur arrivée ? demanda la naine en posant une main caressante sur la cuisse de Denzil.

Celui-ci la repoussa sans ménagement et conduisit son cheval vers un promontoire, à l'écart du chemin.

— Mais qu'est-ce que tu as ? demanda Gisella en fronçant les sourcils. Tu es bizarre, ce matin.

— Ecarte-toi de la route, ordonna sèchement le guerrier. Mets-toi derrière moi et ne dis plus un mot.

Puis il saisit son arbalète et entreprit d'y charger un carreau. Le visage de la naine s'empourpra.

— Hé, je ne crois pas m'être enrôlée dans ton armée ! s'écria-t-elle, indignée. De toute façon, qu'est-ce que tu as en tête ? Nous sommes venus ici pour sauver mes amis. Toi, avec ton gros machin, tu risques juste de les blesser !

— Ça tombe bien, c'est ce que je fais le mieux ! ricana-t-il. Maintenant, viens derrière moi si tu ne veux pas me servir de cible.

— Et voilà ! fulmina la naine. Faites une faveur à un type et il croit que c'est arrivé ! Au cas où tu ne l'aurais pas encore compris, mon garçon, Gisella

174

Cornebière ne reçoit d'ordres de personne et surtout pas de quelqu'un dont les sourcils se rejoignent au milieu du front. Alors, change de ton ou fous-moi le camp tout de suite.

Denzil fit volte-face, le visage impassible, l'arbalète pointée sur sa compagne.

— Je suis ici pour le kender. Tant que je repars avec lui, ce qui arrive aux autres m'importe peu. Je me moque que tu vives ou que tu meures. Dépose à terre la petite dague que tu gardes accrochée à ta cuisse, tiens-toi tranquille et reste hors de vue ; sinon, je te fais taire pour toujours.

Gisella se mordit la lèvre. Elle n'y comprenait plus rien. Elle venait de passer une nuit formidable avec cet homme, et voilà qu'il pointait sur elle une arme chargée en affirmant qu'il n'hésiterait pas à tirer. En outre, il parlait de Tasslehoff comme si le kender avait une valeur quelconque pour lui. Se pouvait-il qu'il soit un chasseur de primes ? De toute façon, elle n'avait plus le choix. Elle jeta sa dague et conduisit son cheval derrière celui du guerrier, tout en se maudissant d'avoir été assez imprudente pour suivre un inconnu.

Sans plus lui prêter attention, Denzil saisit une poignée de carreaux dans une de ses sacoches et les glissa adroitement sous la selle de son cheval. Horrifiée, Gisella comprit que Tass et Aviron fonçaient vers une embuscade.

L'héroïsme ne faisait pas partie des multiples qualités de la naine. Au cours de ses voyages, elle avait souvent dû se défendre seule ; une poignée de marchands soûls ou de gobelins affamés restaient bien moins redoutables qu'un assassin endurci. Pour l'heure, elle ne pouvait rien faire.

*
* *

Tass riait à gorge déployée.

— Tu as vu la tête de Bozdil quand on a foncé sur lui ?

— Je n'ai même pas eu peur ! s'exclama fièrement Winnie. J'ai juste baissé la tête et boum !

Aviron se retourna à demi vers le château.

— Apparemment, ils ont renoncé à nous poursuivre. Je me demande bien pourquoi. Après tout, ils pourraient utiliser leur dragon.

— Peut-être qu'ils sont là, mais invisibles, suggéra Tass. Qu'est-ce que tu en penses, Winnie ? Ils pourraient le faire ?

Le mammouth réfléchit quelques secondes. Il n'y connaissait pas grand-chose en magie.

— Eh bien, je ne les ai jamais *vus* invisibles, finit-il par avouer.

— Ça ne nous aide pas beaucoup, soupira Tass.

Soudain, Winnie freina des quatre pattes.

— Il y a quelque chose juste devant nous, je le sens. Quelque chose de vivant.

*
* *

Gisella se mordilla une mèche de cheveux. Denzil avait posé son arbalète sur un rocher, prête à tirer. La naine ne pouvait pas récupérer sa dague, et elle n'avait pas d'autre arme sur elle. Pourtant, elle devait trouver un moyen de contrarier les abominables projets de son compagnon.

Une idée lui vint. Enfonçant les talons dans les flancs de sa monture, elle se précipita sur le chemin en agitant les bras.

— C'est dame Cornebière, cria Aviron à une cinquantaine de pas de là. Elle nous a retrouvés ! Hourra !

Mais il se tut brusquement en voyant Gisella grimacer, vaciller sur sa selle et s'écrouler sur le sol.

— Winnie, dépêche-toi ! supplia Aviron. Dame Cornebière est blessée.

Le mammouth fit deux pas hésitants.

— Mais nous ne savons pas ce qui nous attend là-bas.

Trop inquiet pour discuter, Aviron se laissa glisser à terre pour voler au secours de sa patronne. Un carreau d'arbalète siffla aux oreilles de Tass et traversa l'espace qu'occupait le jeune humain une seconde auparavant. Le kender avait assez entendu ce son pour l'identifier.

— Attention, Aviron ! Un arbalétrier ! cria-t-il en s'aplatissant sur le dos du mammouth. Cours, Winnie ! Si nous restons là, il nous descendra un par. Cours !

L'énorme animal s'élança sur la piste. Il avait presque rejoint la silhouette immobile de Gisella lorsqu'un second carreau vint se ficher dans son flanc, à quelques pouces à peine de la jambe de Tass. Il ne ralentit pas pour autant, et, quelques secondes plus tard, il avait rejoint la cachette de l'assassin.

Denzil jeta son arbalète, dégainant une lourde épée. Il para un premier coup de bâton porté par Tass, mais ne put pas se permettre de contre-attaquer car le mammouth mesurait au moins trois pieds de plus que son palefroi de la nuit.

Aviron se précipita vers Gisella, s'agenouilla à côté d'elle et la retourna. Un petit trou rouge se détachait sur sa veste de laine, juste au-dessous de l'aisselle. A une distance aussi courte, le carreau s'était complètement enfoncé dans sa cible. Les larmes aux yeux, Aviron pressa son oreille contre la poitrine de la naine.

Mais son cœur avait déjà cessé de battre.

Le jeune humain se releva et fit volte-face. A quelques pas de lui, un guerrier monté sur le cheval le plus affreux qu'il ait jamais vu essayait de découper Tasslehoff en rondelles avec son épée.

Abandonnant le corps de Gisella, Aviron ramassa la petite dague de la naine et bondit vers les deux combattants. A ce moment, Winnie enroula sa trompe autour de la jambe droite de Denzil et tira d'un coup sec, déséquilibrant le guerrier ; Tass profita de cette ouverture pour plonger la pointe de son bâton dans la poitrine de l'homme. Lorsque Denzil tomba en arrière, Aviron n'eut plus qu'à lui planter sa lame dans le dos pour achever le travail.

Tass voulut se laisser glisser à terre, mais Aviron l'en empêcha et remonta sur le dos du mammouth.

— Allons-nous-en ! aboya-t-il, la gorge nouée. Nous devons nous éloigner d'ici avant que les gnomes ne nous rattrapent.

— Ah ça oui, il n'est pas question que je me laisse reprendre, marmonna Winnie en se remettant en route.

— Hé ! attendez un peu, s'écria Tass. Qui était ce type ? Et Gisella..., nous devons l'attendre !

— Gisella est morte, cracha Aviron, luttant contre les larmes. Quant à lui, ajouta-t-il, transperçant d'un regard haineux le cadavre de l'assassin, nous n'en tirerons plus rien.

Tass le dévisagea, stupéfait.

— Tu dois te tromper ! Gisella ne peut pas être morte ! Et d'abord, qu'est-ce que tu en sais ?

La façade de bravoure du jeune humain s'effondra brusquement.

— S'il vous plaît, messire Racle-Pieds ! sanglota-t-il. Elle a été touchée par un carreau d'arbalète. Nous ne pouvons plus rien faire pour elle.

— Il a raison, intervint Winnie. Ce qui vient d'arriver est très triste, mais il ne faut surtout pas que Ligg et Bozdil nous rattrapent.

— Je me moque bien d'eux ! hurla le kender. Il n'est pas question que je laisse Gisella ici. Arrête-toi, Winnie ! Fais demi-tour !

Mais le mammouth continua à dévaler la piste.

— Je ne peux pas, Tasslehoff. C'est trop risqué ! Les gnomes...

— Les kenders n'abandonnent pas leurs amis !

Vif comme l'éclair, Tass se laissa glisser le long du flanc de Winnie et roula vers le bord du chemin, puis il se releva et courut jusqu'au corps de Gisella.

Avec un soupir résigné, Aviron ordonna à Winnie de s'arrêter. Chaque fibre de son corps lui criait de s'éloigner au plus vite de cet endroit, mais le kender était son ami, et il se devait de l'attendre.

Le corps de la naine gisait à dix pas environ de l'homme qui l'avait abattue. Des larmes plein les yeux, Tass la souleva et la posa sur la selle de son cheval, lequel broutait à quelques pas de là. Puis, saisissant la bride de l'animal, le kender retourna vers Aviron et Winnie, le cœur lourd de chagrin.

Il ne jeta pas un regard en arrière. S'il l'avait fait, il aurait vu le corps du guerrier bouger sur la piste poussiéreuse.

*
* *

Ils enterrèrent Gisella au clair de lune, dans une petite clairière à proximité de laquelle coulait un torrent. La voix brisée, Tasslehoff entonna le Chant Funéraire des Kenders :

— *Comme toujours, le printemps reviendra*

179

Car la grand'roue jamais ne ralentit
La nature reprendra son habit de verdure
Dans la douce lumière du jour ensoleillé.

Comme toujours, nous accepterons
Le retour des ténèbres et de la pluie
Car autant que la lumière
Elles sont nécessaires à la vie.

Mais pour l'instant j'oublie
Qu'une veine d'or peut survivre.
A un millier de printemps
A un millier d'existences.

Car c'est l'hiver dans ma mémoire
Et chaque nouveau printemps
Ne sera plus pour moi
Qu'une autre saison de ténèbres.

— Heureusement que Fondu n'est pas là, soupira Aviron. Il a bien fait de rester à Rosloviggen.

Essuyant une larme, le jeune homme lissa les tresses auburn de Gisella et ôta la poussière de ses joues, parce qu'elle n'aurait pas aimé être enterrée sale.

Puis ils recouvrirent son corps et Tass planta son bâton en guise de stèle. L'air résolu, il décréta :

— Nous irons quand même à Kenderfoule. Pour Gisella.

LIVRE III

CHAPITRE XIX

Epinglette tendit la main vers Damaris, mais ses doigts ne rencontrèrent qu'un brouillard tourbillonnant. Il avait l'impression que ses poumons cherchaient à s'échapper de sa cage thoracique, et son estomac gargouillait. Il ouvrit la bouche pour crier, mais aucun son n'en sortit. Ses pieds ne touchaient pas le sol, cependant il n'avait pas non plus l'impression de flotter.

Puis il se rendit compte que ses cheveux et ses ongles poussaient à toute allure. Il se sentait à la fois très léger et aspiré vers le bas par une énorme succion. Soudain, le brouillard disparut et Epinglette s'écrasa sur Damaris. Ils se relevèrent d'un bond, et, se prenant la main, regardèrent autour d'eux pour découvrir où ils se trouvaient.

Epinglette secoua la tête, incrédule. Ils se tenaient à l'intersection de deux rues étroites, dont la chaussée noire ressemblait à de la réglisse. De chaque côté se dressaient de petites maisons en pain d'épice, entourées de buissons de guimauve et d'arbres-sucettes. Toutes étaient identiques et à l'échelle des kenders.

— Tu vois ce que je vois ? souffla Damaris, émerveillée.

— Absolument ! répondit Epinglette en s'approchant d'un arbuste rose et blanc dont il arracha une feuille. Du berlingot vanille-framboise, mon préféré ! s'exclama-t-il en engloutissant le petit morceau de confiserie.

— Harkul Gelfig, puis-je savoir pourquoi tu t'attaques aux arbres ? demanda une voix sévère.

Epinglette et Damaris sursautèrent. Un gros kender sortit de la maisonnette la plus proche et s'avança vers eux en suivant un chemin de biscuits.

— Mais vous n'êtes pas Harkul Gelfig !

— Non, je m'appelle Epinglette Pieds-Poilus, répondit l'interpellé en tendant sa petite main. Enchanté de faire votre connaissance. Au fait, où sommes-nous ?

— Je suis Lindal Verrumartel, se présenta son interlocuteur en lui serrant la main, et vous êtes à Gelfigbourg. Hé ! venez tous ! Nous avons de nouveaux arrivants ! hurla-t-il à la cantonade.

Aussitôt, toutes les portes des maison voisines s'ouvrirent et des dizaines de kenders obèses se précipitèrent vers Epinglette et Damaris en les bombardant de questions de leurs petites voix haut perchées.

— Comment vous appelez-vous ?

— Quel parfum préférez-vous, pour le gâteau de bienvenue ?

— Vos bottes sont-elles en peau de vache ou de cochon ?

— Etes-vous sujet aux indigestions ?

— Avez-vous de la nourriture non sucrée ?

— Votre cape est magnifique. Puis-je vous l'emprunter ?

Epinglette fit de son mieux pour répondre à tous, sans jamais réussir à placer une de ses questions.

Soudain, un éclair multicolore frappa le sol, et Phinéas apparut à quelques pas de la petite foule de kenders.

— Qu'est-ce que c'est que ce fichu tunnel ? marmonna-t-il en se frottant les yeux. (Puis, fixant le sol de réglisse :) Et qu'est-ce que c'est que cette fichue route ? (Il releva la tête et aperçut les villageois qui le regardaient.) Qui sont ces fichus kenders ?

— Un humain, grommela Lindal Verrumartel. Je ne crois pas que nous en ayons déjà un ici, surtout aussi vulgaire. Enfin, je suppose que c'est la race qui veut ça. Hé, n'avons-nous pas déclaré les gros mots hors la loi ?

Phinéas fendit la foule jusqu'à Epinglette et Damaris.

— Où sommes-nous ? demanda-t-il, s'efforçant d'empêcher sa voix de trembler.

Il n'en croyait pas ses yeux. Un village en sucre ! Il n'y avait que des kenders pour faire un truc pareil !

— Je crois que ce village s'appelle Gelfigbourg, répondit Damaris.

— C'est exact, ma dame. Du nom de son fondateur, Harkul Gelfig, précisa Lindal en passant un bras autour du cou d'un kender à cheveux gris, qui semblait porter deux pantalons cousus ensemble.

— Mais où se trouve-t-il exactement ? s'enquit Epinglette.

— Eh bien, répondit Harkul Gelfig, tentant, sans succès, de croiser ses mains dodues derrière son dos, nous n'en savons rien. Certains d'entre nous pensent que nous sommes morts et que nous avons atterri dans la pâtisserie de Reorx.

— Mais je ne vénère pas Reorx, protesta Phinéas.

Le fondateur du village fronça les sourcils.

— Très intéressant. Que quelqu'un le note.

— L'humain est arrivé avec les deux kenders. Il a

peut-être été aspiré par leur vortex, suggéra une voix dans la foule.

— Bonne remarque ! Qu'on la note aussi. (Harkul se frotta les mains d'un air satisfait.) Je crois que nous tenons quelque chose. Il y a bien longtemps que nous n'avons eu aucun paradoxe à nous mettre sous la dent.

— Depuis combien de temps êtes-vous là ? demanda Damaris.

— Trois jours !

— Deux semaines !

— Quatre mois ! répondit Gelfig.

— Vous êtes le fondateur de ce village, et vous n'êtes là que depuis quatre mois ? répéta Phinéas, incrédule.

Gelfig prit un air offensé.

— Oui, eh bien je suis très productif, voilà tout ! J'ai accompli davantage en quelques mois que ce stupide farfadet, Raleigh, qui dirige Kenderfoule depuis près d'un an.

— Vous voulez dire, qui a dirigé Kenderfoule pendant près d'un an, corrigea Damaris.

— Ah bon ? Parce qu'il a déjà été remplacé ? Je savais qu'il ne passerait pas l'hiver ! s'écria Gelfig.

Damaris fronça les sourcils.

— Mais mon père, Méridon Météo, est maire de Kenderfoule depuis plus de six mois ! J'ai vu un portrait de votre fameux Raleigh dans la salle du Conseil. Il a été élu juste après le Cataclysme, n'est-ce pas ?

— Absolument, dit Gelfig en hochant la tête. Personnellement, je n'avais aucun problème avec lui. Il semblait assez efficace, pour un farfadet. Il a même rendu un jugement en ma faveur durant une audience. Vous dites que son successeur s'appelle Méridon Météo ?

— Essayez-vous de nous dire que vous avez connu Raleigh ? demanda Phinéas au bord de l'hystérie.

— Bien entendu ! s'exclama Gelfig. J'ai failli être élu au Conseil, en ma qualité de plus grand chocolatier de Kenderfoule. Evidemment, la ville est encore très jeune ; il n'y a pas beaucoup de concurrence, ajouta-t-il par souci d'honnêteté.

— En quelle année croyez-vous être ? s'enquit lentement Phinéas.

Gelfig le dévisagea comme s'il avait affaire à un simple d'esprit.

— En l'an 6, bien entendu.

— Non, en 27 !

— En 45 !

— En 68 !

— En 129 !

— En 234 ! s'exclamèrent simultanément les autres kenders.

— Nous sommes en 346, rectifia Phinéas. Et vous dites qu'aucun d'entre vous n'est arrivé ici voilà plus de quatre mois ?

Les kenders hochèrent la tête en silence.

— Ça m'a tout l'air d'une distorsion temporelle, annonça Epinglette.

— Pardon ?

— Oui, c'est un vieux truc magique. On prend un demi-plan ou une dimension de poche, on lui donne un environnement à lui et on ralentit ou on accélère le temps à l'intérieur. Je crois qu'on peut même l'inverser.

— Vous voulez dire que nous sommes bien plus vieilles que nous le croyons ? s'inquiétèrent quelques femmes.

Epinglette hocha la tête. Mais Phinéas restait sceptique.

— Comment savez-vous tout ça ? demanda-t-il, soupçonneux.

Le kender se rengorgea.

— Lorsque j'étais prisonnier des géants du froid, ils m'avaient enfermé avec un magicien d'une autre dimension. Il m'a raconté pas mal de choses.

— Admettons. (Phinéas se tourna vers Gelfig :) Lorsque vous êtes arrivé ici, avez-vous trouvé des indices indiquant la provenance de... (il fit un ample geste de la main) de tout ceci ?

— Oh ! mais ça n'y était pas ! Il n'y avait rien du tout, juste du vide et du gris à perte de vue. J'ai erré pendant quelques heures et je m'apprêtais à repartir, lorsque j'ai trébuché sur quelque chose. Vous savez, j'aurais pu me casser le nez sans mes réflexes de félin ! s'exclama l'obèse en prenant une pose avantageuse.

La foule renchérit. Satisfait de son succès, Gelfig se pencha, cueillit une tulipe en chocolat et en aspira le sirop.

— Oui, bon, et alors ? insista Phinéas.

— Gné bien, poursuivit Gelfig, la bouche pleine, gne me suis retourné pour voir ce que c'était, mais il n'y avait absolument rien ! Alors gne me suis mis à quatre pattes pour tâtonner, et devinez ce que j'ai trouvé ?

— UN COFFRE INVISIBLE ! s'exclamèrent en chœur les villageois.

Gelfig hocha la tête, du sirop coulant sur son menton.

— Exactement ! Fermé par des chaînes invisibles et scellé par trois cadenas.

Sous l'œil approbateur de la foule, il entreprit avec force gestes de décrire la façon dont il avait crocheté lesdits cadenas. Phinéas s'impatientait : s'agissait-il oui ou non du fameux trésor qu'il était venu chercher ?

— Finalement, conclut le gros kender, la dernière serrure céda avec un cliquetis enchanteur. Comme j'avais brisé le sortilège, le coffre réapparut sous mes yeux. Il était en bois de pin renforcé de bandes métalliques. A l'intérieur se trouvait un seul objet : un pendentif en forme de triangle avec une chaîne assortie. Je l'ai mis autour de mon cou, et c'est alors que ça s'est produit.

— Quoi ? souffla Phinéas, haletant.

— Un champ de pommiers d'amour est apparu autour de moi, avec ses beaux fruits dégoulinant de caramel. J'étais affamé, et c'était exactement ce dont j'avais envie, en fait, j'y pensais encore quelques secondes auparavant.

« Alors, sans bien comprendre ce qui m'arrivait, je me suis dit que ce serait bien d'avoir des sucettes à la menthe pour aller avec les pommes, et il en est apparu un buisson juste à mes pieds. Inutile de vous dire que j'étais très excité. »

Phinéas saisit Gelfig par le col de sa chemise.

— Où est ce pendentif ? Qu'en avez-vous fait ? dit-il en examinant le cou du kender.

— Du calme, Phinéas, intervint Epinglette. Laisse Harkul terminer son histoire.

L'humain desserra son étreinte.

— Si vous voulez tout savoir, je l'ai encore sur moi, mais je ne peux plus le mettre autour de mon cou, dit Gelfig, l'air offensé.

Il fouilla dans une de ses poches et en retira un petit triangle d'acier.

D'une voix tremblante, Phinéas demanda :

— Voulez-vous bien me le prêter ? Je m'y connais un peu en bijoux magiques ; je pourrai peut-être vous dire d'où il vient.

Gelfig haussa les épaules.

— Bien sûr. Pourquoi pas ?

Il posa le pendentif dans la main tendue de l'humain. Celui-ci s'en empara, ferma les yeux et s'imagina aussitôt dans un magnifique château rempli de joyaux, de belles tapisseries et de servantes voluptueuses ne désirant qu'une chose au monde : satisfaire le moindre de ses caprices.

Lorsqu'il rouvrit les paupières, Gelfig le regardait d'un air intrigué.

— Vous savez, il ne fonctionne plus depuis long-temps.

— Comment ça ? Ne me dites pas que vous avez épuisé toute sa magie ! s'écria Phinéas, au bord de l'évanouissement.

— Bien sûr que si ! Regardez ce village : vous croyez que j'ai réussi à le construire du premier coup ?

Phinéas se laissa tomber sur le sol en sanglotant. Il se trouvait dans un village en sucre, entouré de kenders obèses ; il avait perdu pour rien tout son argent, sa maison et ses espoirs.

Les kenders se pressèrent autour de Damaris pour qu'elle leur communique les dernières nouvelles de la ville. A en juger par l'enthousiasme avec lequel la jeune fille piochait dans le paysage, elle n'allait pas tarder à devenir une villageoise à part entière.

Epinglette posa une main apaisante sur l'épaule de Phinéas.

— C'est ce que vous cherchiez depuis le début, n'est-ce pas ? A cause de la carte que je vous ai donnée.

Phinéas poussa un long soupir de regret.

— Ne le prenez pas si mal, lui conseilla le kender. Les trésors vont et viennent — vous pouvez me croire, j'en sais quelque chose —, mais ça... (il brandit un champignon en caramel), c'est le genre de choses qu'on ne rencontre qu'une fois dans sa vie.

Phinéas se releva, les yeux rouges et gonflés.

— Je m'en vais, annonça-t-il. Où est la sortie ?

Il se dirigea vers Gelfig et la foule des villageois qui riaient en se goinfrant.

— Tenez, dit-il en tendant le pendentif au fondateur du village, je vous le rends. Pouvez-vous m'indiquer la sortie ?

Gelfig, le visage soudain grave, fit comme s'il n'avait pas entendu la question.

— Pouvez-vous m'indiquer la sortie ? répéta l'humain, un ton plus haut.

Le gros kender toussota.

— J'ai dû oublier de vous le dire, mais... nous n'en avons pas trouvé.

— Comment ? s'exclama Phinéas.

— J'ai dit : j'ai dû oublier de...

— Il n'y a pas de sortie ?

— Ce n'est pas ce que j'ai dit, expliqua avec patience Gelfig. Il y en a peut-être une, mais nous ne l'avons pas trouvée.

Phinéas éclata de nouveau en sanglots.

— Vous vous rendez compte ? Je suis prisonnier ici pour le reste de mes jours, et je déteste les bonbons !

CHAPITRE XX

Le lendemain de l'enterrement de Gisella, Aviron, Tass et Winnie franchirent les Monts Khalkist et arrivèrent au crépuscule dans la petite cité portuaire de Khuri Khan.

La lueur du soleil couchant nimbait d'or les dômes majestueux de la ville. Des dattiers et des cocotiers se balançaient doucement au gré de la brise, des femmes portant des vêtements colorés se hâtaient dans les rues, un panier en équilibre sur leur tête, des marchands fermaient leurs échoppes pour la nuit.

— Regarde, Winnie ! s'exclama Tass en désignant un éléphant. Il n'a pas autant de poils que toi, mais il te ressemble quand même un peu, non ? Peut-être trouveras-tu ici d'autres membres de ton espèce...

— J'en doute, gémit le mammouth. Ligg et Bozdil m'ont toujours dit que j'étais le dernier.

Une grosse larme roula le long de sa joue caoutchouteuse. La cité lui faisait peur, et il se sentait seul au monde.

— Pauvre Winnie, compatit Aviron en lui donnant une tape affectueuse.

L'énorme animal leur avait déjà sauvé la vie deux fois, et le jeune homme au cœur tendre détestait le voir pleurer.

— Allons manger. Ça nous remontera le moral, suggéra Tass.

Ils mirent en commun leurs ressources, qui s'élevaient à deux pièces de cuivre pour Aviron, une bague d'émeraude, un morceau d'ambre et un collier de dents pour Tass.

— Tiens, on dirait l'anneau de la baronne Krakold ! s'exclama Aviron en saisissant l'objet de ses soupçons.

Tass rougit.

— Ah oui ! Je me demande ce qu'il fait dans ma poche ? La baronne a dû le laisser tomber quand elle m'a passé le sel, pendant le dîner. On n'a qu'à le mettre en gage.

— On ne peut pas faire ça ! protesta Aviron, secouant ses cheveux blonds. Ce serait du vol !

— Non, expliqua le kender. Voler, c'est quand on prend quelque chose, pas quand on le met en gage. (Aviron lui jeta un regard noir.) Ecoute, fais ce que tu veux. Moi je veux dormir dans un bon lit chaud ce soir, et offrir une botte de foin douillet à Winnie.

— Très bien, soupira le jeune homme.

La perspective d'une autre nuit dans les bois ne l'enchantait guère. Tass échangea donc l'anneau contre soixante-dix pièces, ce qui était sans doute loin de son prix d'achat mais suffirait à couvrir les besoins immédiats des trois compagnons.

Sur le port, ils découvrirent une auberge dont le propriétaire accepta de loger Winnie dans son écurie. Bien que mécontent d'être séparé de ses nouveaux amis, le mammouth parut soulagé de s'éloigner des rues bruyantes et pleines de monde.

Après un savoureux repas de porc au curry, de riz

jaune et de vin exotique, Tass et Aviron se traînèrent jusqu'à leur chambre. Leurs têtes n'avaient pas encore touché l'oreiller qu'ils dormaient déjà.

*
* *

La matinée était déjà bien avancée lorsqu'ils retournèrent chercher Winnie à l'écurie. Le soleil brillait dans un ciel sans nuage, et une légère brise balayait les rues. Tass et Aviron achetèrent des beignets au miel et du lait de noix de coco, puis s'assirent sur les quais pour les déguster tranquillement.

Lorsqu'il eut terminé son déjeuner, le kender se lécha les doigts et sortit les cartes de son sac à dos. Aviron leva les yeux au ciel.

— Elles ne datent pas toutes d'avant le Cataclysme, précisa le kender, vexé. En voici une de la Solamnie du Sud ; je sais qu'elle est exacte, parce que c'est moi qui l'ai dessinée quand je m'y suis téléporté avec un anneau magique. Est-ce que je t'ai raconté cette histoire ?

— Oui, oui, répondit Aviron.

Ce n'était qu'un tout petit mensonge, et il ne se sentait vraiment pas d'humeur à écouter babiller Tass pendant des heures.

— Moi, je ne la connais pas, intervint Winnie.

— Désolé, mais il faut vraiment qu'on parle, le coupa Aviron. On n'a pas encore décidé si on continuait le voyage par mer ou par terre. (Puis, devant l'expression désappointée du mammouth :) Tass te racontera ça plus tard.

Le kender examina ses cartes les unes après les autres pour en trouver une qui leur conviendrait. Soudain, Aviron lui donna un coup de coude.

— Regarde ça ! dit-il en désignant de l'index un navire amarré au bout du quai.

C'était un long bateau élégant, pourvu de deux mâts et d'un drapeau rouge et or qui claquait au vent. Malgré un récent naufrage, Aviron était impatient de reprendre la mer, ce serait toujours plus confortable que de tressauter sur le dos du mammouth.

— Mais que ferons-nous de Winnie ? demanda Tass.

— Je suis sûr qu'on pourrait le faire monter à bord. Les bateaux transportent bien du bétail ou des chevaux, non ?

— Vous voulez me mettre dans un compartiment avec des vaches et des cochons qui vont à l'abattoir ? couina Winnie.

Un passant se retourna vers le mammouth, l'air stupéfait. Puis il secoua la tête et s'éloigna sans se retourner.

— Ce sera toujours mieux que de marcher pendant des centaines de lieues en terrain inconnu, dit Aviron.

— Tous les terrains me sont inconnus. Je ne suis jamais sorti du château de Ligg et Bozdil !

— Bon, dit Tass en se levant, allons nous renseigner sur le prix d'une traversée pour deux hommes et un mammouth.

— Attendez, dit Winnie d'une voix effrayée. Je ne crois pas que je puisse monter sur un bateau.

Tass se tourna vers lui et étreignit une de ses grosses pattes.

— Si tu as peur de l'eau, nous voyagerons à pied, n'est-ce pas, Aviron ?

— Bien sûr, répondit l'interpellé, peu enthousiaste, mais non moins sincère que le kender.

Winnie secoua sa grosse tête.

— Ce n'est pas simplement à cause de l'eau. (Il poussa un gros soupir.) Depuis ma capture, je pense sans cesse à l'endroit d'où je viens. Les gnomes m'ont dit que mes parents m'avaient abandonné, mais ils sont peut-être encore vivants. Je voudrais aller à Zériak pour tenter de les retrouver.

— Zériak... Je dois pouvoir t'aider. Voyons voir, marmonna Tass en feuilletant ses parchemins. (Il releva la tête, un sourire triomphant aux lèvres.) Voilà ! Une carte du Sud.

Il la roula avec précaution et la glissa dans l'extrémité recourbée de la trompe du mammouth.

— C'est mon cadeau d'adieu, expliqua-t-il en reniflant.

Ses yeux s'embuèrent ; il serra une patte du gros animal et recula.

— Je n'ai rien d'autre à t'offrir que ma gratitude, dit Aviron en tapotant le dos de Winnie. Au revoir et bonne chance.

— C'est moi qui vous suis redevable, corrigea le mammouth. Je ne vous oublierai jamais, mais je dois partir tout de suite, sans quoi je n'en aurai plus le courage. Merci encore !

Il se dirigea vers les quartiers marchands de la ville, agitant sa trompe en signe d'adieu, et disparut bientôt au détour d'une rue.

— Et si nous allions nous renseigner pour savoir quand part notre navire ? suggéra Aviron au bout de quelques secondes d'un silence pesant.

A la pensée d'une nouvelle aventure maritime, Tass retrouva le sourire. Ensemble, l'humain et le kender se dirigèrent vers le bout du quai et empruntèrent une passerelle pour monter à bord du bateau qui les intéressait. Pendant que Tass se livrait à ses explorations habituelles, Aviron négocia le prix de leur voyage avec le capitaine, qui semblait quelque peu réfractaire à l'idée d'embarquer un kender. Soudain, à l'autre bout du port, le jeune homme aperçut un cheval aux naseaux rouges monté par un cavalier musclé qui se dirigeait vers leur navire.

L'assassin de Gisella !

Aviron se fit tout petit et tenta de se dissimuler derrière un mât. Il jura entre ses dents.

Mais où était donc passé Tass ?

La tête du kender apparut en haut d'un escalier. Tass ouvrit la bouche pour dire quelque chose, mais avant qu'il ait pu articuler une syllabe, Aviron l'avait bâillonné de ses mains et plaqué au sol.

— Je suis désolé, messire Racle-Pieds, lui chuchotat-il à l'oreille, mais j'ai de très mauvaises nouvelles. L'homme qui a tué dame Cornebière est sur le point d'embarquer avec son cheval. Nous ne pouvons plus descendre sans qu'il nous voie, et je ne sais vraiment pas où nous pourrions nous cacher.

Le visage rouge de colère, Tass mordit la main du jeune humain, qui étouffa un cri de douleur.

— Je croyais que tu l'avais tué ! s'écria-t-il sur un ton de reproche.

— Euh, désolé, mais je n'ai pas beaucoup d'expérience en la matière. J'ai vraiment cru qu'il était mort.

— Oui, eh bien je n'ai aucune intention de me cacher de lui ! Ce fils de troll va payer ce qu'il a fait à Gisella !

Tass lutta de toutes ses forces pour se libérer de l'étreinte d'Aviron. Mais ce dernier résista avec l'énergie du désespoir : il était conscient qu'un kender (même très en colère) et un écuyer en fuite ne faisaient pas le poids contre un assassin endurci.

Le jeune homme jeta un coup d'œil vers le pont. Denzil était en train de tendre une petite bourse au capitaine.

Ils devaient absolument se tirer de ce guêpier !

Soudain, Aviron pensa à la petite barge remplie de légumes qu'il avait aperçue en montant à bord. Pour autant qu'il s'en souvienne, elle était amarrée au navire par une corde assez courte. S'ils pouvaient sauter à l'intérieur, les carottes et les laitues amortiraient sûrement la réception.

— Navré, messire Racle-Pieds, mais c'est pour votre bien, murmura-t-il à l'oreille du kender toujours furieux.

Et il le jeta par-dessus bord avant de suivre le même chemin.

Il s'écrasa avec un bruit mouillé au milieu de légumes bien plus vieux et bien plus mous qu'ils n'en avaient l'air. Après s'être essuyé la figure tant bien que mal, il se releva à demi pour chercher son compagnon.

— Messire Racle-Pieds ? chuchota-t-il aussi fort qu'il l'osa. Où êtes-vous ? Répondez-moi !

Un grognement sourd s'éleva d'un tas de détritus, sur sa droite. Aviron se fraya un chemin parmi les tomates pourries et découvrit le kender à moitié assommé, une belle bosse se formant déjà sur son front. Il en éprouva à la fois de la culpabilité et du soulagement, parce que Tass aurait sûrement donné l'alerte s'il était resté conscient.

Aviron se roula en boule au milieu des carottes. Le capitaine lui avait dit que le bateau partirait aussitôt que l'équipage serait revenu de la ville, ce qui ne saurait tarder. Si Racle-Pieds et lui restaient cachés dans la barge, le bateau les remorquerait sans le savoir jusqu'à Port-Balifor. Ainsi, ils pourraient garder un œil sur l'assassin de Gisella sans risquer de se faire repérer.

Une demi-heure plus tard, aux environs de midi, les marins se rassemblèrent sur le pont, hissèrent les voiles et levèrent l'ancre. Le navire s'éloigna du quai, entraînant la barge-poubelle dans son sillage. Aviron, épuisé par l'émotion, s'endormit à côté de Tass.

Lorsqu'il se réveilla, le soleil était en train de se coucher, et l'eau s'étendait à perte de vue. Mais la barge n'avançait plus : quelqu'un avait coupé la corde qui la reliait au navire.

*
* *

— Pour la dernière fois, Aviron, je ne suis pas en colère, mais tu aurais pu me prévenir avant de me balancer par-dessus bord, tête la première, fulmina Tass. (Il tâta sa bosse.) Je parie qu'on dirait un troisième œil.

— Pensez-vous, on la voit à peine, mentit pieusement Aviron tout en fouillant la barge d'un air dégoûté.

— Qu'est-ce que tu fais ? s'enquit le kender, toujours curieux.

— Vous ne trouvez pas que ça sent horriblement mauvais, ici ?

— Oui, et alors ?

— Et alors je cherche ce qui dégage une telle puanteur, parce que j'aimerais bien m'en débarrasser.

— Pourquoi pas... De toute façon, il n'y a rien d'autre à faire, grommela Tass.

Il saisit un bout de bois et se mit à sonder l'amas de détritus dans lequel ils pataugeaient.

— Je crois que je le tiens ! s'exclama-t-il au bout de quelques minutes. Pouah, c'est vraiment dégoûtant !

Aviron s'approcha et jeta un coup d'œil dans le trou dégagé par son compagnon. Sous les légumes pourris gisait la carcasse à moitié décomposée d'un gobelours. L'humain et le kender battirent en retraite à l'autre bout de la barge.

— Par les dieux, il faut absolument le jeter par-dessus bord, s'écria Aviron en reprenant son souffle.

— Je ne crois pas que ce serait prudent, répondit Tass. Ça risquerait d'attirer des requins.

— Même eux ne voudraient pas de ça !

— Oh, si. Les requins mangent n'importe quoi, mais je crois qu'ils préfèrent les repas vivants. Et ils sont si gros qu'ils pourraient déchiqueter une barge en deux sans le moindre problème, si tu vois ce que je veux dire. A mon avis, nous sommes beaucoup plus en sécurité avec un gobelours mort qu'avec des requins vivants...

Très abattu, Aviron se laissa tomber sur une pile de déchets un peu moins répugnants que les autres et souhaita de toutes ses forces se trouver ailleurs. Quelques minutes plus tard, Tass interrompit sa méditation.

— Qu'est-ce que c'est ? dit-il en regardant un point qui grossissait à l'horizon.

Aviron plissa les yeux.

— Ça ne peut pas être le rivage, parce que nous ne bougeons pas d'un pouce.

— Pourtant, ça se rapproche... C'est un bateau ! s'exclama le kender.

Il bondit en braillant des appels au secours.

Bientôt, les deux compagnons purent distinguer un mouvement à bord du navire. Comme celui-ci se rapprochait, Tass reconnut la silhouette des rameurs qui le propulsait. Des minotaures.

Les minotaures étaient l'une des races les moins répandues — et les plus hostiles — de Krynn. Avant le Cataclysme, la plupart servaient d'esclaves aux nains de Kal-Thax ou à l'empire d'Istar. On les méprisait pour leur apparence bovine autant qu'on recherchait leurs services pour leur force incroyable...

Et en effet, seul un autre minotaure aurait pu trouver séduisant un membre de sa race. Mâles ou femelles, ils mesuraient plus de huit pieds de haut, cornes non comprises. Ils se tenaient debout et possédaient des mains semblables à celles des humains, mais leur tête et leurs pattes arrière étaient celles de bovins. Pour tout vêtement, ils portaient un pagne de cuir et un harnais auquel pendaient leurs armes.

Dès que le navire fut proche, Tass et Aviron purent distinguer seize rameurs pas commodes, qui dévisagèrent le kender sans dire un mot.

— Euh, bonjour, risqua ce dernier en se fendant de son plus beau sourire. Je suis Tasslehoff Racle-Pieds.

— Et moi, Goar, répondit un des minotaures, qui dépassait d'une tête tous ses congénères. Nous avons eu beaucoup de problèmes ces derniers temps avec les kenders de la Mer de Sang. Ils sont infantiles et kleptomanes. J'ose espérer que vous ne leur ressemblez pas.

Bien que phonétiquement corrects, ses mots sonnaient de manière étrange, comme s'il avait appris le langage commun dans un dictionnaire.

Tass s'empourpra sous l'insulte, mais avant qu'il ne puisse se lancer dans une de ses tirades indignées, Aviron prit la parole :

— Comme vous le voyez, mon ami et moi sommes coincés ici. Auriez-vous l'amabilité de nous prendre à votre bord, ou de nous remorquer jusqu'au port suivant ? Nous vous en serions très reconnaissants.

Goar se retourna, entamant les pourparlers avec ses hommes. Tass ne comprenait pas leurs grognements, mais à voir leur expression, il devina que les minotaures seraient ravis de les abandonner à leur triste sort.

— Nous pouvons payer ! s'exclama-t-il pour faire pencher la balance en leur faveur.

Goar se tourna vers lui, les sourcils levés, et examina le contenu de la barge.

— Je ne crois pas que vous possédiez quoi que ce soit qui puisse nous intéresser.

Un des membres de son équipage lui tapa sur l'épaule et grogna quelque chose. Goar hocha lentement la tête.

— Mon cuisinier me dit qu'il sent une odeur de gobelours faisandé. Si vous possédez un tel trésor dans votre barge, je veux bien l'accepter en paiement.

Tass et Aviron le dévisagèrent, bouche bée.

— Si vous refusez de nous le céder, nous passerons notre chemin, poursuivit le minotaure, se méprenant sur les raisons de leur silence.

— Il est à vous ! s'exclamèrent l'humain et le kender.

*
* *

Les minotaures sont vraiment des rameurs fabuleux, songea Tass, regardant l'étrave du navire fendre les flots comme un couteau dans du beurre.

Cela faisait maintenant deux jours que leurs sauveteurs les avaient pris à bord. Après avoir récupéré la carcasse du gobelours, ils avaient abandonné la barge et repris leurs activités comme si de rien n'était. Infatigables, ils ne s'arrêtaient de ramer que pour astiquer le pont de leur navire. Aucun n'avait adressé la parole aux deux passagers. Tass avait essayé d'engager la conversation en plusieurs langages, et finalement conclu qu'ils ne parlaient que le minotaure. Pour sa part, Aviron doutait qu'ils lui eussent répondu, même s'ils l'avaient compris.

Le matin du troisième jour, Goar annonça qu'ils arrivaient à proximité de Port-Balifor.

— Quand atteindrons-nous le rivage ?

— Nous ne faisons pas escale ici, grogna le minotaure. Nous allons vous fournir une embarcation qui vous permettra d'attendre le passage d'un autre bateau. Le coin est très fréquenté : vous n'aurez pas longtemps à patienter.

Tass était sur le point de protester lorsque le cuisinier apparut sur le pont, portant un énorme tonneau dépourvu de couvercle.

— Attendez, balbutia Aviron, vous n'appelez pas ça une embarcation, quand même ?

— Bien sûr que si. Il est étanche, et nous pouvons même vous offrir une paire de rames, si vous le souhaitez.

— Quelle aventure ! s'écria Tass, les yeux brillants. Je n'avais encore jamais dérivé à bord d'un tonneau.

— Mais vous n'en aurez donc jamais assez des aventures ? gémit Aviron.

Goar fit rouler le tonneau par-dessus bord, puis posa Tass et Aviron à l'intérieur. Quelques minutes plus tard, le navire des minotaures était un point minuscule à l'horizon.

Aviron se laissa tomber au fond du tonneau en geignant. Pendant ce temps, Tass décida de mettre à l'épreuve la solidité et l'équilibre de leur embarcation, sautant à la verticale et se jetant d'une paroi contre l'autre. Puis, il se mit à agiter les bras en hurlant :

— Ici ! Nous sommes ici ! Vous êtes aveugles ou juste débiles ? Ici !

Aviron se releva. Un navire à l'allure familière se dirigeait vers eux.

— Regarde ce drapeau rouge et or ! C'est le bateau sur lequel nous avions embarqué avant que tu me jettes par-dessus bord ! s'écria Tass, tout excité.

Le sang d'Aviron se figea dans ses veines. Une

forme sinistre se tenait à la proue du navire : celle de l'assassin de Gisella. Sa cape noire flottant au vent, il surveillait les deux marins chargés du sauvetage des naufragés.

Un œil méfiant fixé sur le tueur, Tass et Aviron se hissèrent à bord. Le capitaine se dirigea vers eux et fronça les sourcils en les reconnaissant.

— Vous avez payé votre voyage et disparu comme par enchantement, leur dit-il d'un ton accusateur. Si vous avez assez d'argent pour le jeter par les fenêtres, pourquoi traversez-vous la baie dans un tonneau ?

— Eh bien, juste après que nous vous ayons payé, un ami nous a offert de nous prendre à son bord... Nous n'avons pas pu refuser, vous comprenez. D'un autre côté, il aurait été incorrect de notre part de vous redemander notre argent. Un marché est un marché, n'est-ce pas, Aviron ? débita le kender à toute allure.

L'interpellé hocha la tête.

— Bref, nous nous sommes trouvés pris dans un ouragan... enfin je ne sais pas si c'en était un, mais il y avait vraiment beaucoup de vent. Notre bateau a coulé, mais nous avons pu nous échapper à bord de ce tonneau... Voilà, conclut Tass, à bout de souffle et d'imagination.

Le capitaine le dévisagea, soupçonneux, puis haussa les épaules.

— De toute façon, nous serons bientôt arrivés, et vous aviez payé pour la traversée, alors...

— Juste une chose, ajouta Tass, sautant du coq à l'âne. Cet homme, là, à la proue, est un assassin. Vous devez l'arrêter et le remettre aux autorités de Port-Balifor.

— Vous devez vous tromper, protesta le capitaine. Maître Denzil est un passager modèle. Nous atteindrons le port d'ici quelques heures. Jusque-là, restez sur le pont et tâchez de ne pas importuner les autres voyageurs.

— Mais je vous assure que...

— J'ai dit : tâchez de ne pas importuner les autres voyageurs ! rugit le capitaine.

Il fit volte-face et retourna vers le gouvernail.

Dès que le navire eut accosté, Tass et Aviron se ruèrent à terre et se glissèrent derrière une pile de sacs et de tonneaux.

— Avec tout ce monde, nous pourrons suivre Denzil sans nous faire voir, suggéra le kender. Attendons qu'il débarque.

— Il n'en est pas question, messire Racle-Pieds ! protesta le jeune humain. Nous devons au contraire nous éloigner de lui le plus vite possible.

— Mais enfin, Aviron, tu n'y penses pas ! Ce Denzil est très dangereux ; nous ne pouvons pas le laisser s'en tirer comme ça. Je trouve bien plus risqué de le perdre de vue que de rester derrière lui.

Aviron se tut, ébranlé par la résolution de son ami. Ils surveillèrent le navire jusqu'à ce que Denzil en descende, tenant son monstrueux cheval par la bride. Le guerrier passa à quelques pas d'eux sans leur prêter attention, et se dirigea vers la ville.

— Que croyez-vous qu'il va faire ? chuchota Aviron en se rongeant un ongle jusqu'au sang.

— Peut-être que ce qui s'est passé dans la montagne n'avait rien à voir avec nous, avança Tass, l'air peu convaincu. Il ne semble plus s'intéresser à nous, en tout cas.

— Vous avez sans doute raison, acquiesça Aviron, soulagé.

Ils se relevèrent et s'enfoncèrent dans les rues marchandes. Bientôt, les vêtements exotiques des passants, les langages inconnus qui résonnaient de toutes parts, les tatouages bizarres des marins et les douzaines de marchands qui essayaient de leur vendre quelque chose (ou au contraire d'éloigner le kender de leur étal) leur firent oublier l'assassin. Tass s'arrêta pour acheter de petits poissons fumés, admirer l'étal d'un marchand de cartes et faire des grimaces en se regardant dans une théière.

Même Aviron se sentait plus détendu lorsqu'ils passèrent devant une ruelle en mâchonnant leur dernier poisson. Soudain, deux mains puissantes sortirent de l'ombre. La première saisit le jeune homme au collet et l'assomma contre un mur ; la seconde jeta Tass en travers d'un cheval. Abasourdi, le kender sentit que son agresseur sautait en selle et lançait sa monture au galop.

CHAPITRE XXI

Denzil jeta Tasslehoff sur le sol couvert de paille d'un entrepôt. Quelques rayons de lumière filtraient par les interstices des planches mal jointes. Le bâtiment était vide, à l'exception de quelques tonneaux qui répandaient dans l'air une forte odeur de hareng.

Tass avait les mains liées, et dut se contorsionner pour s'asseoir. Il jeta un regard meurtrier à son ravisseur.

— Vous allez payer ce que vous avez fait à la pauvre Gisella !

Sans prêter la moindre attention à cette menace, Denzil saisit le prisonnier par le col de sa tunique et fouilla ses poches jusqu'à ce qu'il découvre ce qu'il cherchait. Avec un sourire mauvais, il brandit un rouleau de parchemins et laissa retomber le kender sur le sol.

Il s'agenouilla, déroula les cartes, puis les examina, les rejetant une à une par-dessus son épaule. Lorsqu'il arriva à la dernière, une grimace de colère déforma ses traits.

— Où est-elle ? hurla-t-il en postillonnant de rage.

— Où est quoi ? demanda Tass, alarmé par l'expression meurtrière de son interlocuteur. Il doit bien y en avoir une de bonne dans le tas ! Peut-être ne savez-vous pas lire ? Si vous voulez, je peux...

Denzil bondit vers le kender et referma une main autour de sa gorge.

— N'essaie pas de me rouler, vermine. Je veux l'autre moitié de la carte qui montre le territoire, à l'est de Kenderfoule.

— Gaaaargl. (Tass virait rapidement au pourpre. Denzil desserra son étreinte.) Merci, dit le kender en reprenant son souffle. Je disais donc, il n'y a rien d'intéressant à l'est de la ville à part les Ruines, et... (Une pensée le traversa.) Hé, je me souviens. J'ai dû avoir une carte des Ruines, avec la Tour des Sorciers et le bosquet qui l'entoure.

Denzil se pencha vers le kender, lui soufflant son haleine fétide au visage.

— Comment ça, « j'ai dû avoir » ?

— Eh bien, pour autant que je m'en rappelle, il n'y avait pas grand-chose dessus, juste quelques arbres, une tête de mort, une Tour avec plein de marches et des tas de pièces à l'intérieur. Un jour où je manquais de parchemin, j'ai utilisé l'autre côté pour dessiner une carte de Néraka.

— Et qu'est-elle devenue ?

Tass haussa les épaules.

— Je n'en sais rien, je ne l'ai pas vue depuis longtemps. J'ai dû la donner à quelqu'un. Mais je ne vois pas pourquoi vous y tenez tellement : j'en ai plein d'autres de plus utiles.

Denzil se mit à faire les cent pas dans l'entrepôt.

— Je peux bien te le dire, puisque tu ne vas pas tarder à mourir. J'ai trouvé l'autre moitié de cette carte dans le cabinet d'un charlatan, à Kenderfoule. Elle disait qu'un trésor était caché dans les Ruines et j'ai bien l'intention de m'en emparer !

Il poussa le kender contre un mur, prit son arbalète et sortit un carreau d'une de ses sacoches.

— Euh, si vous voulez aller jusqu'à la Tour, vous aurez besoin de quelqu'un qui connaisse le secret du bois, dit précipitamment Tass.

— Tu bluffes, répondit Denzil d'une voix distraite en chargeant son arme.

Tass gigota, tentant de défaire ses liens.

— Peut-être. Mais tout le monde vous dira que les Tours des Sorciers sont protégées par un bosquet, et que seuls ceux qui savent comment le traverser en ressortent vivants.

Denzil cala l'arbalète contre son épaule.

— Je ne vois pas quel danger peuvent représenter deux ou trois arbres, ricana-t-il en visant.

— Des tas ! Ils rendent les gens fous ! Vous savez à quel point les kenders sont pleins de ressources lorsqu'il s'agit de, euh, d'aller dans des endroits inaccessibles. Eh bien, aucun de nous n'a jamais réussi à traverser le bosquet, parce nous n'avons pas percé son secret !

Denzil abaissa son arbalète et plissa les yeux.

— Evidemment, tu vas me dire que toi, tu le connais.

— C'est possible, répondit Tass. Rappelez-vous : j'ai vu la carte.

Denzil médita quelques instants. Le kender mentait sans doute, mais il ne voulait pas courir le risque de s'en débarrasser s'il pouvait encore lui être utile.

— Je finirai quand même par te tuer, prévint-il. Et si tu as essayé de me rouler, tu regretteras la mort rapide que je m'apprêtais à te donner ici.

Sans ménagement, il saisit le kender sous le bras,

sortit de l'entrepôt et se dirigea vers la ruelle dans laquelle il avait laissé son palefroi de la nuit.

*
* *

Ils sortirent de Port-Balifor, chevauchèrent jusqu'à Kenderfoule, contournèrent la ville et s'engagèrent dans les Ruines. C'est du moins ce que supposa Tass, qui voyait seulement défiler le sol sous les sabots de Kran : Denzil l'avait jeté devant lui et attaché à plat ventre sur sa selle.

« — Je ne voudrais surtout pas que tu tombes et que tu te fasses mal », avait-il ricané.

Ils traversèrent les Ruines par le chemin principal. Tass s'étonna de ne rencontrer aucune des créatures qui vivaient dans les parages. Puis il réalisa que le palefroi de la nuit devait leur faire trop peur pour qu'elles osent sortir de leur tanière.

Ils arrivèrent à la lisière du bosquet. Denzil coupa la corde qui retenait Tass attaché à la selle de sa monture. Le kender tomba sur le sol comme un sac de grain.

— Et maintenant, que faisons-nous ? demanda le guerrier.

Tass n'en avait pas la moindre idée. Bien entendu, il ne connaissait pas le secret du bosquet — si tant est qu'il y en eût un —, mais il devait gagner du temps.

— D'abord, improvisa-t-il, nous devons ramper pour éviter de déclencher un piège.

— Comment ça ? Je croyais que les arbres étaient magiques et qu'ils rendaient fou !

— Ça n'empêche pas qu'il y ait des pièges.

— D'accord. Passe le premier. Je vais te tenir la cheville, et au premier signe d'entourloupe...

Denzil laissa sa phrase en suspens et caressa son arbalète, un sourire mauvais aux lèvres.

Tass déglutit péniblement. *Moi qui espérais le semer dans les buissons, c'est raté.* Il se laissa tomber à genoux et rampa. Comme ses mains étaient toujours attachées, il ne tarda pas à avoir les genoux en feu. Il s'arrêta, sentant la magie du bois l'encourager à suggérer des choses idiotes.

— Maintenant, nous devons marcher à reculons.

Comme ça, raisonna-t-il, *s'il veut continuer à me surveiller, il devra passer le premier. Avec un peu de chance, il finira bien par trébucher sur une racine.*

— Si tu es en train de te payer ma tête, ça va barder pour toi, menaça Denzil.

Le bois le rendait plus méfiant de minute en minute. Tass haussa les épaules, feignant l'indifférence.

— Très bien, allez-y. Surtout ne m'écoutez pas... Moi, la seule personne qui aie vu la carte.

Au fond de lui, il était surpris d'être arrivé aussi loin. Les sortilèges du bois lui avaient paru bien plus redoutables la dernière fois qu'il l'avait traversé, une dizaine d'années auparavant.

— Je passe le premier, annonça Denzil, comme prévu.

Il enroula la queue-de-cheval de Tass autour de sa main et se mit à reculer, traînant le kender à sa suite. Malheureusement, il avait le pied très sûr et ne trébucha pas une seule fois.

Il faut essayer autre chose, se dit Tass.

— Arrêtons-nous. A partir d'ici, nous devons sauter comme des lapins.

Il ne voyait pas en quoi cela allait l'aider, mais il ne pouvait résister à cette occasion de ridiculiser Denzil. Il leva donc ses mains au-dessus de sa tête et plia les poignets pour imiter de grandes oreilles tombantes.

— Allez, dit-il pour encourager Denzil.

En voyant l'expression peinte sur le visage du

guerrier, il se demanda s'il n'était pas allé un peu trop loin, cette fois.

Denzil propulsa son poing dans l'estomac du kender, avec une telle force que ce dernier s'envola et alla s'écraser cinq pas plus loin dans un buisson. Comme il avait toujours les mains liées, il ne put même pas amortir sa chute. Les yeux aussi rouges que les naseaux de Kran, Denzil bondit sur lui.

En fin de compte, la magie du bosquet fonctionnait toujours aussi bien.

— Je t'avais prévenu, il ne fallait pas me mentir, grogna Denzil. A présent, je vais t'arracher les membres un par un, en prenant tout mon temps pour te faire le plus mal possible. J'espère que tu ne mourras pas avant la fin.

— Je ne suis pas un menteur ! s'écria Tass, furieux. (Il éprouvait soudain une rage militante.) J'en ai assez que tout le monde m'injurie juste parce que je suis un kender. Vous, vous êtes grand, ça ne vous donne pas systématiquement raison, et ça ne vous rend pas plus intelligent ! Si je n'étais pas attaché, je vous aplatirais comme une crêpe !

La main droite de Denzil se referma autour de la gorge du kender, tandis que la gauche lui tordait le bras dans le dos.

— J'en ai assez de t'entendre jacasser ! Par contre, je vais prendre grand plaisir à écouter craquer tes articulations !

Tass se mordit les lèvres pour ne pas hurler de douleur. C'est alors qu'il vit une énorme créature, très laide et très poilue, apparaître derrière Denzil. Un ogre ! Comme dans un rêve, le kender regarda un poing monstrueux s'abattre sur la tête de son agresseur et l'assommer. Puis il se sentit soulevé de terre et s'évanouit.

— Que voulez-vous manger pour le dîner ? demanda Vincent.

Après avoir procédé aux salutations d'usage, il avait expliqué à ses nouveaux invités pourquoi il se trouvait dans le bosquet et ce qu'il attendait d'eux.

— J'ai été assez occupé ces derniers temps, je n'ai pas eu le temps de renouveler mes stocks, s'excusa-t-il. Mais je vais faire de mon mieux avec ce qui reste. Vous verrez, je suis un bon cuisinier.

Il posa une assiette de petits sandwichs devant Tass et Denzil. Le kender tendit une main avide, mais avant qu'il puisse se servir, Denzil avait balayé la table d'un revers de main, envoyant voler le pain et son contenu sur le sol.

— Je ne veux pas de votre ignoble nourriture ! s'exclama-t-il, furieux.

— Peut-être, répondit Vincent avec calme, mais vous auriez pu demander l'avis de votre ami. C'est du très bon putois faisandé. (Il ramassa plusieurs sandwichs et les épousseta d'un revers de main.) Enfin, je suppose qu'il ne faut pas s'attendre à mieux de la part d'un demi-orc.

Denzil se figea.

— Vous dites n'importe quoi. Je suis un humain.

— Oui, mais vous êtes aussi un orc, dit Vincent sans se troubler. Je connais ma zoologie.

Tass, éberlué, se tourna vers Denzil pour le dévisager. Bien sûr ! Il aurait dû s'en apercevoir plus tôt. Ces petits yeux porcins, ce nez légèrement écrasé...

Le guerrier serra les poings, faisant un effort visible pour se contrôler.

— Je ne tiens pas de, euh, de ce côté de ma famille, répliqua-t-il.

Sans plus lui prêter attention, l'ogre et le kender se mirent à table devant un plat de poney et d'oignons frits.

— C'est délicieux ! s'exclama Tass en se frottant le ventre. Et je sais de quoi je parle, étant moi-même un excellent cuisinier !

— N'hésitez pas à en reprendre ! offrit Vincent en poussant le plat vers lui. J'aime avoir des invités comme vous. Il y a quelques jours, j'ai accueilli deux autres kenders : une jolie jeune fille blonde et son fiancé. D'ailleurs, dit-il en plissant les yeux, il vous ressemblait un peu.

Tass fit un geste insouciant.

— Oh, les kenders se ressemblent tous plus ou moins.

— Sans doute, dit Vincent en haussant les épaules.

Il se leva et commença à desservir. Tass s'empressa de l'aider, puis tous deux passèrent le reste de la soirée à jouer au mikado, à boire du thé aux herbes et à discuter près du feu. Quant à Denzil, il alla s'asseoir dans un coin et feignit de dormir ; en réalité, il cherchait comment échapper à l'ogre sans y laisser un bras ou deux.

Vincent demanda à Tass ce qu'un kender aussi aimable faisait en compagnie d'un demi-orc aussi désagréable. Tass lui raconta toute l'histoire depuis le début ; au souvenir de Gisella, ses yeux s'emplirent de larmes et il dut s'interrompre pour se moucher. Il conclut en expliquant comment Denzil lui avait tendu une embuscade à Port-Balifor pour récupérer une carte.

— Vous savez, nous sommes dans la Tour des Sorciers, chuchota Vincent pour ne pas que l'assassin les entende. Mais je n'ai jamais vu le moindre trésor ici.

— Avez-vous tout exploré ? demanda Tass, les yeux brillants.

— Une fois, j'ai dû monter la moitié de cet escalier, répondit l'ogre en faisant un geste de la main. Mais le passage devenait de plus en plus étroit, et j'ai été obligé de faire demi-tour. Je n'ai jamais découvert ce qui restait en haut : probablement des ruines, comme partout ailleurs dans les environs.

Lorsque Tass se réveilla le lendemain matin, Denzil dormait toujours dans un coin de la pièce, mais Vincent avait disparu. Sur la table était posé un morceau de parchemin ; l'ogre y avait écrit le nom du kender en grosses lettres maladroites.

Tass déplia le message. *Parti chercher à manger. Vincent.* Il le mit dans sa poche et saisit une bougie, puis entreprit d'examiner la pièce. La porte était fermée à l'aide d'une énorme chaîne. *Peu importe,* décida le kender. *De toute façon, j'avais envie d'explorer la Tour des Sorciers.*

Il rassembla toutes ses affaires. Comme il avait laissé son bâton sur la tombe de Gisella, il n'avait plus d'arme. Donc il se mit à fouiller dans le tiroir à couverts de Vincent, empruntant une petite fourchette et un couteau à beurre, pour crocheter des serrures.

Il prit ses sacoches et, sur la pointe des pieds pour ne pas réveiller Denzil, entreprit de grimper le grand escalier. Il remarqua que trois personnes avaient emprunté le même chemin très récemment, comme en témoignaient les traces de pas dans la poussière.

Il lui fallut plusieurs minutes pour atteindre le haut des marches : une plate-forme sur laquelle se dressait une porte. Tass s'immobilisa et tendit l'oreille, mais tout était silencieux. Il posa la main sur la poignée ; le battant s'ouvrit sans opposer la moindre résistance.

Tass le franchit et se retrouva dans un bureau aux murs couverts de livres. Les empreintes continuaient à l'intérieur ; elles convergeaient vers un pan de mur devant lequel elles disparaissaient.

— Il doit y avoir une porte secrète ! s'exclama le kender, ravi.

Il entreprit de fouiller la pièce pour chercher le mécanisme d'ouverture ; son œil exercé eut tôt fait de repérer un levier. Il le tira d'un coup sec et se tourna vers le mur. Déjà, une brume pourpre striée de vert envahissait la pièce, et une ouverture se matérialisait dans la pierre. *Ce n'est pas une porte ordinaire*, songea Tass, le cœur battant. *Un portail magique !* Il fit deux pas en avant, mais une voix s'éleva derrière lui :

— Tu l'as trouvée ! Je savais bien que tu finirais par servir à quelque chose !

Tass fit volte-face. Denzil se tenait à l'entrée du bureau.

— Reste où tu es, ordonna l'assassin. Le trésor de la tour doit se trouver de l'autre côté de ce portail ! Mais avant d'aller le chercher, je dois en finir avec toi.

Tass n'avait plus le choix. Il plongea tête la première vers le portail...

... et faillit réussir à le franchir.

CHAPITRE XXII

Le trône ayant autrefois appartenu au Prêtre-Roi d'Istar se dressait à présent dans les Abysses. Y était assis un dragon chromatique à cinq têtes. Takhisis, Reine des Ténèbres et créatrice de l'univers — un privilège qu'elle partageait avec Paladine, le Dieu du Bien, et Gilean, celui de la Neutralité —, jubilait. Un portail magique venait de s'ouvrir dans le monde de Krynn, sur le continent d'Ansalonie.

C'était un portail à sens unique, mais très spécial et très puissant. Il reliait une Tour des Sorciers à une petite dimension d'un âge considérable. La Reine des Ténèbres convoitait son pouvoir ; elle voulait l'utiliser pour retourner dans le plan matériel primaire, dont elle avait été bannie quelques siècles humains plus tôt par un détestable Chevalier de Solamnie nommé Huma.

Depuis longtemps déjà, elle connaissait le secret de la dimension « de poche ». Elle avait découvert une porte permettant de retourner dans le plan matériel primaire, mais il fallait pour cela que le portail magique soit ouvert simultanément. Elle avait placé toute sorte de dispositifs secrets destinés à l'avertir lorsque le ce dernier se déclenchait, mais il se refermait toujours si vite qu'elle n'avait jamais pu en profiter.

Elle avait su se montrer patiente ; aujourd'hui, son heure était enfin arrivée.

*
* *

Denzil bondit au même moment que Tass. Il saisit les jambes du kender et le plaqua au sol, mais un peu tard. La moitié supérieure du corps de Tass avait déjà disparu de l'autre côté du portail. Le demi-orc essaya de l'attirer à lui, sans succès.

La moitié de kender qu'il tenait se mit à gigoter pour lui échapper. Denzil regarda autour de lui et, avisant les deux bibliothèques qui encadraient le portail, bloqua ses pieds de chaque côté de l'ouverture pour bénéficier d'un meilleur appui.

Il n'avait pas l'intention de laisser la petite vermine lui échapper.

*
* *

Un tourbillon de couleurs enveloppa Tasslehoff. *Comme c'est joli,* songea le kender. *On dirait de la barbe à papa.* Il avait l'impression de flotter dans le vide. Il essaya en vain de bouger. Il se sentait écartelé, comme si sa tête et ses pieds s'étaient trouvés à des lieues l'une des autres.

Soudain, un rideau d'arcs-en-ciel s'ouvrit devant lui, et il atterrit tête la première dans une tas de graviers à la délicieuse odeur de berlingot.

Il tenta de se relever, mais quelque chose continuait à tirer sur ses jambes. Tournant la tête pour découvrir de quoi il retournait, il se trouva nez à nez, non avec un importun, mais avec un rectangle de lumière argentée qui engloutissait tout le bas de son corps.

Il se sentit tiré de quelques pouces en arrière. *C'est Denzil qui essaie de me récupérer !* comprit-il. Paniqué, il regarda autour de lui pour trouver quelque chose à quoi s'accrocher.

Mais son arrivée n'était pas passée inaperçue. Levant les yeux, Tass découvrit les trois plus gros kenders qu'il ait jamais vus : on aurait cru trois globes pourvus de bras et de jambes. Le plus vieux se pencha vers lui.

— Bonjour, mon ami ! Je m'appelle Harkul Gelfig. (Il tendit une main aux doigts boudinés.) Il est toujours agréable de recevoir un nouvel arrivant. Il faudra nous dire quel parfum vous souhaitez pour votre gâteau de bienvenue.

— Pourquoi êtes-vous allongé dans les berlingots au citron ? demanda le second kender.

— Et où se trouve votre deuxième moitié ? renchérit le dernier.

Tass saisit la main tendue de Gelfig, mais celui-ci se dégagea sans lui laisser le temps de s'expliquer.

— Aidez-moi, je vous en prie ! Un assassin essaie de me ramener de l'autre côté de ce portail ! s'écria Tass, désespéré. Tirez-moi vers vous !

Eberlués, les trois kenders s'exécutèrent. A son grand soulagement, Tass s'arrêta aussitôt de glisser en arrière, mais il sentait toujours Denzil faire pression sur ses jambes.

Un petit attroupement ne tarda pas à se former autour de l'étrange scène. Parmi les curieux se trouvait Epinglette Pieds-Poilus, qui reconnut instantanément son vagabond de neveu.

— Tasslehoff ! s'écria-t-il en se frayant un chemin jusqu'à lui. C'est toi, jeune délinquant ? Peux-tu m'expliquer ce que tu fais ici alors que tu devrais être à Kenderfoule en train de te marier ?

— Oncle Epinglette ! s'exclama Tass, très surpris. (Malgré sa position inconfortable, il ne put s'empêcher de sourire à la vue de son parent favori.) Moi non plus, je ne m'attendais pas à te trouver ici. En fait, je ne m'attendais même pas à *me* trouver ici, où que se trouve le *ici* en question, d'ailleurs.

— Tu me dois quelques explications, jeune homme ! dit Epinglette, en agitant un doigt menaçant sous son nez. Et tiens-toi debout quand je te parle !

— Mais je ne peux pas, mon oncle ! Je n'ai pas le temps de tout te raconter, mais je suis coincé dans ce portail. Tu me rendrais un grand service en m'aidant à me sortir de là.

— Dans quel genre de pétrin t'es-tu encore fourré ? grommela Epinglette. Enfin, tout Kenderfoule te cherche depuis deux mois ; le maire me pendra si je te laisse filer maintenant. Allez, aidez-moi, vous autres !

Aussitôt, des dizaines de kenders obèses formèrent une chaîne, les uns s'accrochant au torse de Tass, les autres passant leurs bras autour de la taille des premiers, les derniers saisissant les arbres les plus proches pour amarrer le tout.

Soudain, un brouillard pourpre se forma devant la maison de Gelfig et commença à engloutir le paysage, emplissant l'air d'éclats de bonbons et de miettes de pain d'épice.

Alors Damaris Météo surgit au coin de la rue, léchant une gigantesque sucette à la framboise. Elle se précipita vers Epinglette.

— Qu'est-ce que tu fais ? Hé, ça a l'air marrant !

Elle lui saisit la taille et commença elle aussi à tirer.

— Quelle journée ! soupira Harkul Gelfig, le front dégoulinant de sueur.

Sans avertissement mais avec un « pop ! » retentissant, le portail aspira Tass, Oncle Epinglette, Damaris Météo, Harkul Gelfig et plusieurs autres kenders. Ceux qui se retrouvèrent nez à nez avec l'ouverture argentée se sentirent tirés en avant, et ne tardèrent pas à se retrouver dans la même situation que Tass quelques secondes auparavant.

*
* *

Les muscles tendus, les veines du cou prêtes à exploser, Denzil tirait à s'en décrocher les bras sur les jambes de Tass. *Je crains de l'avoir sous-estimé,* songea-t-il, perplexe, *il devient plus fort à chaque instant !*

— Ha, ha ! Vous voilà !

Denzil sursauta et faillit lâcher prise. Jetant un coup d'œil par-dessus son épaule, il vit Vincent qui se dirigeait vers lui, l'air très mécontent.

— Cette fois, vous n'allez pas vous en tirer comme ça ! rugit l'ogre en saisissant le demi-orc par la taille.

Il tira, manquant couper Denzil en deux. Le demi-orc lâcha prise et Vincent, déséquilibré, fut projeté en arrière les quatre fers en l'air. Il voulut se relever, mais une masse grouillante bondit sur lui, l'engloutissant littéralement.

Denzil, stupéfait, regarda la pièce se remplir de kenders obèses.

— Une sortie ! Nous avons enfin trouvé une sortie ! piaillaient-ils, tout excités.

*
* *

A Gelfigbourg, tandis que les habitants se ruaient par l'ouverture, le cyclone pourpre s'étendait. Une silhouette se forma au milieu du tourbillon : celle d'un visage de femme, magnifique mais cruel. Dès que le dernier kender eut disparu, la brume rassembla ses tentacules et glissa vers le portail dimensionnel.

CHAPITRE XXIII

— Vous revoilà, grogna Vincent à l'adresse de Tasslehoff. Pouvez-vous me dire qui sont ces autres kenders ? (Il dévisagea Epinglette.) Hé, mais je vous reconnais ! Vous étiez mon invité il y a quelques jours ! Laissez-moi vous dire que je ne suis pas du tout content de la façon dont vous m'avez faussé compagnie.

Tass se tourna vers son oncle.

— Moi aussi, j'aimerais bien savoir d'où ils viennent, dit-il en désignant d'un grand geste la marée de kenders qui avaient envahi la Tour des Sorciers.

— Bonjour à toi aussi, mon neveu ! s'exclama Epinglette en l'étreignant. Tu as une mine resplendissante.

Tass se dégagea.

— Ecoute, je ne comprends pas ce que tu fais ici. On m'a dit que tu étais prisonnier à Kenderfoule, et qu'il fallait que je revienne épouser une petite fouine quelconque pour qu'on te libère.

— Hum, hum, toussota Epinglette en voyant une kender blonde se diriger vers eux. Laisse-moi te présenter ta fiancée, Damaris Météo. Damaris, voici Tasslehoff Racle-Pieds.

— Oh ! Ravi de vous rencontrer, dit Tass en tendant la main.

La jeune fille le toisa, l'air hautain.

— Une petite fouine, hein ? Je ne vous épouserai jamais, même si vous étiez le dernier homme sur Krynn !

Elle s'élança et disparut dans la foule grouillante de kenders.

Tass haussa les sourcils.

— Elle est jolie, mais pas très commode, non ? Et qu'est-ce qu'elle fait là ? Elle est prisonnière ?

Epinglette lui résuma les événements des dernières semaines, extirpant Phinéas de la mêlée pour le présenter à son neveu.

— Alors, c'est vous, grogna l'humain en le dévisageant. Je suis heureux d'avoir vécu assez longtemps pour vous rencontrer, même si ça ne doit rien me rapporter.

Sur cet étrange commentaire, il entreprit de se frayer un chemin jusqu'à l'escalier.

— Maintenant, explique-moi ce que tu fais là au lieu d'être à Kenderfoule, demanda Epinglette.

Tass ouvrit la bouche pour répondre, et se souvint alors de la présence de Denzil. Il se tourna vers l'endroit où il l'avait vu pour la dernière fois. Le demi-orc se tenait à deux pas du portail envahi par la brume. A voir son expression, il n'avait toujours pas compris ce qui venait d'arriver. Tass était sur le point d'avertir son oncle que Denzil était très dangereux, quand un sifflement retentissant ramena le silence dans la pièce.

— Qui a pris le coffre au trésor ? rugit Harkul Gelfig. J'ai été aspiré dans ce tunnel si rapidement que je n'ai pas pu l'emporter avec moi. (Il scruta la foule éberluée.) Ne me dites pas que vous l'avez laissé là-bas ?

Personne ne répondit, mais le mot « trésor » produisit un effet magique sur Denzil. Enfin, l'objet de ses recherches était à portée de main ! Sans hésiter, il bouscula les kenders qui le gênaient et bondit dans le portail magique.

Une terrible rafale de vent s'engouffra dans le bureau, repoussant les kenders du côté opposé de la pièce. Une brume sinistre, plus sombre et plus glacée que la précédente, commença à se déverser par le portail, accompagnée d'éclairs noirs et de grognements terrifiants. Le visage d'une femme se forma. Son teint cadavérique, ses minces lèvres grises, son nez droit et ses pommettes saillantes lui conféraient un air de redoutable sévérité. Ses yeux jaunes parcoururent la pièce, vifs comme des serpents sous leurs sourcils aux inflexions démoniaques.

— Par Reorx ! souffla Epinglette. Qu'est-ce que c'est que ça ?

Un corps gigantesque commença à se matérialiser sous le regard des kenders figés d'horreur. Une odeur de soufre et d'ammoniaque emplit la pièce.

— Je n'en suis pas certain, balbutia Tass, mais ça ressemble un peu au dragon que j'ai monté à Roslovig-gen.

— Vraiment ? Tu as monté un dragon ? demanda Epinglette, toujours curieux.

— Je ne crois pas que le moment soit bien choisi pour en discuter, grommela Phinéas, s'extirpant tant bien que mal du tas de kenders. Nous ferions mieux de nous enfuir avant que cette chose, quelle qu'elle soit, ait terminé sa genèse.

Il tenta de joindre le geste à la parole avant d'être interrompu par un craquement sonore d'origine incertaine.

— J'ai retrouvé le levier ! s'écria Damaris. L'architecte qui a construit cette tour n'a pas choisi des matériaux très solides, ajouta-t-elle en brandissant un long morceau de bois brisé à une extrémité.

La créature de brume poussa un cri étranglé. Ses traits se brouillèrent et se déformèrent, comme sous l'effet d'une vive douleur. Le portail disparut graduellement, la brume se dissipa, le mur reprit sa place ; quelques instants plus tard, tout était redevenu comme avant. Même les toiles d'araignée avaient repris position au plafond.

Damaris s'empourpra.

— C'est vraiment moi qui ai fait ça ?

*
* *

Brutalement repoussée dans les Abysses, la Reine des Ténèbres entra dans une noire colère.

Elle y était presque ! Elle avait failli réussir ! Et puis une stupide kender, qui ne se rendait même pas compte de ce qu'elle faisait, avait refermé le portail.

Les cinq têtes de dragon de Takhisis crachèrent l'acide, le feu et la glace. Elle avait échoué : elle ne pouvait toujours pas se rendre en personne dans le plan matériel primaire. Cela ne signifiait pas pour autant qu'elle n'y exerçait aucun pouvoir : par l'intermédiaire de Nuitari, la lune noire, elle parvenait à en affecter le temps.

Et elle avait bien l'intention d'utiliser ce moyen pour se venger de tous ces maudits kenders !

*
* *

— Cette fois, je crois qu'il n'y a plus rien à faire,

soupira Harkul Gelfig. (Il jeta un regard chagriné à Damaris.) Je ne récupérerai jamais mon coffre au trésor !

Indignée, la jeune fille posa les mains sur ses hanches.

— Surtout, ne me remerciez pas d'avoir mis en fuite cet épouvantable monstrosaurus, ni d'avoir sauvé tous les habitants de Garfigbourg.

— Gelfigbourg.

— Peu importe. (Surprenant l'expression dubitative de Tasslehoff et d'Epinglette, Damaris corrigea :) Evidemment, Racle-Pieds m'a un peu aidée. Mais je vous rappelle que si je ne m'étais pas enfuie dans les Ruines pour échapper à ce mariage, Epinglette n'aurait pas pu reconnaître son neveu quand il est apparu par le portail. Et ce n'est certainement pas vous, s'écria-t-elle en posant un index accusateur sur la poitrine d'Harkul, qui auriez trouvé un moyen de le maintenir ouvert.

Elle termina cette tirade hors d'haleine, le nez fièrement levé.

— N'empêche que partir à votre recherche était mon idée, souligna Phinéas.

— Vous avez tous raison, intervint Epinglette, conciliant. Mais il nous reste un gros problème. L'ami de Tasslehoff est prisonnier de Gelfigbourg ; comme le levier est cassé, je ne vois vraiment pas comment nous allons le ramener ici...

— Ne t'en fais pas pour ça, coupa son neveu. Il s'appelle Denzil et il n'est pas du tout mon ami. A vrai dire, il voulait me tuer.

— Mais pourquoi ?

— Je crois que ça a quelque chose à voir avec une carte que tu m'as donnée autrefois. Denzil pensait qu'un trésor était caché à Gelfigbourg, et il...

— Il n'y a plus de trésor, interrompit Phinéas en pointant un doigt vers Gelfig. L'architecte de l'obésité a réussi à le dilapider en échange de chemins en réglisse et de tulipes en chocolat.

— C'est une question de point de vue, répondit Harkul, vexé. Beaucoup de gens considéreraient Gelfigbourg comme une pure utopie.

Mais Phinéas pensait à autre chose. Soudain, il claqua des doigts et son visage s'illumina.

— Denzil ! Mais bien sûr ! Je le connais ! (Il se tourna vers Epinglette.) Quelques minutes avant que vous veniez me chercher, cet homme est arrivé dans mon cabinet. Il saignait comme un porc...

Phinéas résuma la rencontre, et conclut :

— Il a dû décider de s'emparer de l'autre moitié de la carte, celle que possédait Tasslehoff.

— Tout comme vous, fit remarquer Epinglette.

Phinéas recula d'un pas.

— Hé, du calme ! Moi, je n'ai tué personne, j'ai même failli mourir plusieurs fois !

— Vous avez l'intention de moisir ici pendant longtemps ? demanda Damaris, qui s'ennuyait ferme.

Les derniers kenders venaient de s'engager dans l'escalier.

— Non, allons-y, répondit Epinglette en lui adressant son plus beau sourire, que la jeune fille lui retourna aussitôt.

Tass leur emboîta le pas. Se penchant vers son oncle, il lui chuchota à l'oreille :

— Ma fiancée n'a pas l'air de m'apprécier beaucoup, mais on ne peut pas en dire autant de toi !

*
* *

— Vous devez avoir faim, dit Vincent en contemplant, éberlué, les dizaines de kenders amassés dans sa grotte. Je ne suis pas sûr d'avoir de quoi vous nourrir tous. Et puis, vous ne seriez pas un peu gros ? (Il haussa les épaules.) Enfin, je vais faire de mon mieux. Après le déjeuner, nous disputerons un tournoi de mikado.

Tass jeta un coup d'œil vers la porte, toujours barricadée.

— Je n'ai pas l'intention de passer une nuit de plus ici, grommela Phinéas.

— J'ai une idée, annonça le kender. (Il se fraya un chemin jusqu'à l'ogre.) Ecoute, Vincent, c'est très gentil, mais nous devons partir. Pourquoi ne nous accompagnerais-tu pas ? Kenderfoule est un endroit très excitant : tu ne t'ennuierais plus jamais !

L'ogre poussa un soupir plein de regret.

— Je n'arrivais déjà pas à m'adapter dans ma ville natale, alors chez des kenders...

— Ne sois pas bête ! Kenderfoule est un endroit très démocratique, tous les gens y sont les bienvenus. Une fois, on a même élu un gynosphinx comme maire.

— C'est vrai ? (Le visage de Vincent s'éclaira.) J'ai toujours rêvé de faire de la politique.

— Alors, viens ! De toute façon, tu n'as rien à perdre. Si notre ville ne te plaît pas, tu pourras toujours revenir ici.

— Et qui va sauver les kenders des sortilèges du bois si j'abandonne mon poste ? objecta l'ogre, tourmenté par sa conscience professionnelle.

Epinglette fit un pas en avant.

— Hum, vous savez, les enchantements ont parfois du bon, dit-il en jetant un regard complice à Damaris. Dans tous les cas, les kenders ont un tempérament si aventureux qu'ils ne se plaindront pas de devoir se débrouiller seuls.

L'ogre se mordit la lèvre.

— D'accord ! (Il se dirigea vers la porte et en ôta

la chaîne.) Venez, je connais un passage secret qui nous conduira de l'autre côté du bois.

Les kenders lui emboîtèrent le pas. Lorsqu'ils émergèrent à la lumière du jour, il devait être environ midi. Mais ils n'étaient pas préparés au spectacle qui s'offrit à eux.

Une tempête gigantesque sévissait à la surface ; le vent ployait les arbres sur son passage, faisant dégringoler les blocs de pierre des ruines. L'air était humide. Dans le ciel parcouru d'éclairs blancs aveuglants, de gros nuages noirs et pourpres cachaient le soleil.

— Eh bien ! dit Harkul Gelfig en fronçant les sourcils. A mon époque le temps était plus agréable !

— Il l'est encore... en règle générale, répondit Tass, les sourcils froncés.

Epinglette plissa les yeux et regarda autour de lui.

— Nous avons laissé nos poneys ici avant de pénétrer dans le bois. Ils doivent être quelque part vers la gauche.

Suivi de Tasslehoff, Damaris et Vincent, il s'extirpa du tunnel.

— Vous n'avez quand même pas l'intention de voyager au milieu de cet ouragan ! s'exclama Phinéas, incrédule. Pourquoi ne pas attendre dans la caverne de Vincent que ça se calme un peu ?

Sans s'arrêter, Tass tourna la tête vers lui et cria :

— Bof, c'est juste du vent ! Moi je trouve amusant de jouer à rester debout !

— Mais vous êtes fous !

— Si vous avez peur, restez là, répondit Tass en haussant les épaules. Le garde-manger de Vincent est bien garni et vous aurez toute la compagnie que vous voulez. Nous nous reverrons plus tard à Kenderfoule.

Il s'éloigna sans plus attendre.

Phinéas fit volte-face et se heurta à une douzaine de

kenders qui discutaient de l'intérêt de la culture des champignons dans une hypothétique cité maritime faite de bateaux attachés les uns aux autres.

Il poussa un long soupir, puis se précipita à la suite des autres.

— Attendez-moi !

*
* *

Ils voyagèrent en silence jusqu'à la tombée de la nuit. Epuisés d'avoir lutté contre le vent pendant des heures, ils décidèrent de s'arrêter pour la nuit en haut d'une colline.

En arrivant au sommet, ils se figèrent.

La ville était à quinze lieues devant eux, pourtant ils la voyaient distinctement.

Kenderfoule flambait.

CHAPITRE XXIV

Tasslehoff et ses amis arrivèrent à Kenderfoule peu avant l'aube, Damaris et Epinglette montés sur le premier poney, Tass et Phinéas sur le second, Vincent les suivant à pied.

Les vents hurlants éparpillaient la fumée dans les airs ; seule la lumière des flammes, formant un halo orange autour des bâtiments, indiquait que la ville était en feu.

Les cinq compagnons contemplèrent ce triste spectacle, immobiles, pendant quelques instants ; Tass les tira de leurs sombres réflexions :

— Je suis sûr que nous pouvons nous rendre utiles. Allons voir de quoi il retourne.

Comme ils pénétraient à l'intérieur de la cité, ils croisèrent un flot de kenders qui fuyaient l'incendie pour aller se réfugier dans la campagne. Les flammes dansaient dans la moitié ouest de la ville, qui paraissait de loin la plus touchée. A l'est, les habitants combattaient de petits feux isolés à l'aide de seaux d'eau, de terre, de balais et de couvertures.

— Ils feraient mieux d'abandonner et de sauver leur

peau pendant qu'il en est encore temps, grommela Phinéas.

— Non ! s'écria Tass en secouant la tête. Kenderfoule est mon foyer ! Je n'ai pas traversé tout le continent pour la regarder brûler. Il doit certainement y avoir un moyen d'arrêter ce désastre. L'un d'entre vous a-t-il déjà vu une équipe de pompiers à l'œuvre ?

Vincent se racla la gorge, jeta un regard nerveux à ses compagnons et prit une grande inspiration :

— Quand je vivais encore au Royaume des Ogres, ma tribu organisait des pillages dans les communautés humaines voisines. Parfois, les villages prenaient feu... accidentellement..., vous voyez ? C'est le genre de choses qui arrivent. (Il se dandina d'un pied sur l'autre, mal à l'aise.) Bref, en repartant, nous nous arrêtions au sommet d'une colline pour regarder les humains essayer d'éteindre l'incendie. Ils formaient une ligne qui partait du torrent ou du puits le plus proche, et ils se passaient des seaux d'eau jusqu'à l'endroit où ça brûlait. Quand la ligne de feu était trop étendue, ça ne marchait pas bien, alors certains villages avaient construit des espèces de tonneaux géants au milieu des maisons, et ils les gardaient toujours remplis d'eau. Comme ça, quand un incendie se déclarait, ils n'avaient plus qu'à puiser l'eau dedans ou à y faire un trou et laisser le liquide couler pour éteindre les incendies.

« Evidemment, quand ils réussissaient à sauver leurs maisons, mes cousins se dépêchaient de lancer des flèches enflammées dessus pour refaire partir l'incendie. Ils trouvaient ça très amusant. »

— Des gens charmants, en somme, marmonna Damaris.

— Oui, eh bien, je ne les fréquente plus, vous avez remarqué ? répliqua Vincent, agressif. Je ne sais pas pourquoi, mais j'étais certain que vous diriez un truc désagréable.

— Ça va, ça va, dit Tass pour calmer l'ogre, qui s'énervait à vue d'œil. Vincent, ce que tu viens de dire me donne une idée. Les citernes de la ville sont-elles toujours pleines ?

— Pour sûr, répondit Epinglette. Je me suis baigné dedans pas plus tard que la semaine dernière.

— Très bien ! Emmène-nous jusqu'à l'Hôtel de Ville.

Ils se frayèrent un chemin dans les rues encombrées de centaines de kenders qui couraient en tous sens, s'enfuyaient, cherchaient leur famille, essayaient d'éteindre les flammes, ou chargeaient le contenu de leur boutique dans des chariots. Malgré le chaos ambiant, personne ne semblait vraiment effrayé.

Tass avait choisi l'Hôtel de Ville parce que celui-ci se dressait au centre de Kenderfoule, et qu'il était un symbole précieux aux yeux des citoyens. Lui-même était parti de nombreuses années auparavant et ne reconnaissait plus grand-chose, pourtant il se sentait toujours chez lui dans la cité de son peuple.

Comme ils approchaient de leur but, le vent tomba. Ses gémissements furent aussitôt remplacés par un bruit différent : un grognement sourd qui rappelait celui d'une avalanche. Tass s'immobilisa devant l'Hôtel de Ville et tendit l'oreille.

Un humain aux cheveux couleur de paille sortit du bâtiment, se précipitant vers le kender et ses compagnons.

— Aviron ! s'écria Tass en courant à sa rencontre.

— Messire Racle-Pieds ! Je suis si heureux de vous revoir ! répondit le jeune homme avec un immense sourire.

— Comment m'as-tu retrouvé ?

— Eh bien, je savais que le Conseil de Kenderfoule retenait votre oncle prisonnier et qu'il voulait vous récupérer. Je me suis dit qu'il avait peut-être envoyé Denzil finir le travail de Gisella, alors je suis venu ici....

— Tu as bien fait ! approuva Tass, rayonnant. Oncle Epinglette, je te présente mon ami Aviron Ath-Banard.

— Ainsi, c'est vous dont mon neveu n'a pas arrêté de me parler ! Je suis enchanté de faire votre connaissance, dit Epinglette en serrant la main du jeune homme. Voici Damaris Météo, la fiancée de Tasslehoff, mes amis Phinéas Curick et, euh, Vincent l'ogre.

Aviron haussa les sourcils à la vue de ce dernier, mais il ne fit aucun commentaire. Puis il se tourna vers Damaris :

— Météo, n'est-ce pas le nom du maire ?

— Si, répondit la jeune fille. C'est mon père. (Plissant les yeux, elle décocha un regard meurtrier à Tasslehoff.) Et je ne suis plus sa fiancée. J'ai divorcé, je l'ai déshérité, désavoué, et tout ce qu'on peut faire à quelqu'un avant de se marier avec lui. Je me suis défiancée.

— Je ne voudrais pas interrompre vos retrouvailles, intervint Phinéas, mais permettez-moi de vous signaler que la ville brûle toujours.

Tass pencha la tête.

— Quelqu'un pourrait-il me dire d'où vient ce bruit étrange, et m'expliquer pourquoi le vent est tombé d'un coup ?

— Regardez ! s'écria Vincent en pointant le doigt vers le nord.

Ils levèrent la tête. Un énorme tourbillon noir, sa queue pointue balayant l'air comme un fouet, se dirigeait sur eux, faisant exploser les bâtiments, arrachant les arbres et projetant les rochers dans les airs.

— Tous à terre ! hurla Tass en plongeant dans le caniveau.

Il avait déjà vu un cyclone une fois, à Néraka, et il savait que l'endroit le plus sûr dans un pareil cas était toujours le sol. Ses compagnons l'imitèrent, se jetant à plat ventre dans la boue.

En quelques secondes, la tornade fut sur eux. Tass se sentit soulevé de terre. Il ferma les yeux et retomba presque aussitôt. Levant la tête, il vit le tourbillon traverser la ville, dévastant tout sur son passage. Des cris émerveillés s'élevèrent dans les rues : quel que soit le danger qu'elle représente, une tornade était une chose rare, et les kenders semblaient presque aussi ravis que si Paladine en personne leur avait rendu visite.

Tass roula sur le dos.

— Quelle aventure ! s'écria-t-il, rouge de plaisir.

Damaris et Epinglette hochèrent la tête.

— Mais vous êtes tous fous ! couina Phinéas. Nous aurions pu nous faire tuer, et vous rigolez comme après une bataille de polochons !

— Nous devrions nous en aller, intervint Aviron, très sérieux. L'incendie est presque sur nous.

Ses compagnons relevèrent la tête. Le bâtiment mitoyen à l'Hôtel de Ville venait de prendre feu.

— Nous ne pouvons pas abandonner Kenderfoule ! s'exclama Damaris.

Mais déjà, tous les kenders qui les entouraient s'élançaient vers l'est de la ville.

— Attendez ! ordonna une voix impérieuse. Restez là !

Les citoyens s'immobilisèrent, et se tournèrent lentement vers celui qui venait de parler.

Tass déglutit et se lança :

— Je pense que nous pouvons arrêter l'incendie et

sauver au moins une partie de la ville, à condition de travailler tous ensemble et d'aller chercher de l'aide.

Un kender vêtu d'une longue robe bleue bordée de fourrure fit un pas en avant.

— Papa ! hurla Damaris en se jetant dans ses bras.

Le maire planta un baiser sur la joue de la jeune fille et, la repoussant doucement, s'éclaircit la voix.

— Peuple de Kenderfoule, je crois que nous devons écouter ce que ce jeune vagabond veut nous dire, même s'il s'est mal conduit envers ma fille. Si son plan nous semble irréalisable, nous pourrons toujours nous enfuir après. Comme dit le proverbe : « Il n'est pas de danger si pressant qu'il ne puisse encore empirer . »

Tass exposa donc son projet au petit groupe de citoyens.

— Oncle Epinglette, Damaris, messire le maire, allez chercher du secours. Nous ne pourrons pas mettre mon plan à exécution avec une vingtaine de personnes.

« Aviron et Vincent, emmenez avec vous les deux tiers des kenders ici présents, et commencez à entasser les débris laissés par la tornade contre les murs des maisons. Y a-t-il ici quelqu'un qui s'y connaisse en bois de charpente ? »

Une douzaine de doigts se tendirent vers un kender d'âge mûr qui regardait Tasslehoff.

— Etes-vous charpentier ?

Le kender ne répondit pas.

— Vous occupez-vous d'une scierie ?

Toujours pas de réponse.

— Mais qu'est-ce qu'il a ?

Une petite fille se dressa sur la pointe des pieds et ôta un bouchon de paraffine d'une des oreilles du kender.

— Papa, messire veut savoir si tu es charpentier ou bûcheron !

— Oh ! Les deux, répondit l'interpellé.

Puis il récupéra le bouchon et se le renfonça dans l'oreille. Tass mit ses mains en porte-voix devant sa bouche et hurla :

— Dans ce cas, accompagnez messire Curick. Vous allez l'aider à construire les gouttières.

— Très bien, acquiesça le kender.

Il se tourna vers Phinéas, et son visage s'illumina.

— Docteur Oreilles ! C'est moi, vous ne vous souvenez pas ? J'ai suivi votre prescription à la lettre. C'est miraculeux : chaque fois que j'enlève ces bouchons de cire, mon ouïe devient mille fois meilleure !

— Plus tard, les remerciements ! s'exclama Tass. Nous avons du travail !

Bientôt, un flot de kenders se déversa dans le square, précédé par Epinglette et la famille Météo. Tass leur enjoignit de le suivre jusqu'à la citerne la plus proche.

Les trois réservoirs de Kenderfoule faisaient partie d'un projet municipal mis en œuvre quatre ans auparavant. Le maire de l'époque avait décidé de les construire pour épargner aux habitants de pénibles et nombreux aller et retour quotidiens jusqu'aux puits de la ville.

Hélas, les concepteurs oublièrent de munir les citernes de canalisations, et s'en rendirent compte après que les ouvriers aient passé plusieurs semaines à les remplir. La seule solution aurait été de vider les gigantesques récipients pour poser les canalisations manquantes, puis de les remplir à nouveau. Mais les ouvriers menacèrent de démissionner si on réduisait leur travail à néant. Comme personne ne voulait les remplacer, et que des citernes avec canalisations mais vides n'étaient guère plus utiles que des citernes pleines sans canalisations, le chantier fut abandonné.

Lorsque les gouttières arrivèrent enfin, près d'un millier de kenders s'étaient rassemblés sous la plus grande citerne. Les flammes, courant le long des débris empilés contre les bâtiments, menaçaient d'engloutir l'Hôtel de Ville et les quartiers encore intacts qui se dressaient un peu plus loin.

Tass avait escaladé la citerne et se tenait à son sommet. Lorsqu'il vit que tout le monde était prêt, il cria :

— Vincent ! Tu es le plus grand et le plus fort, tu seras la base de notre pyramide. Les autres, entassez-vous sur lui !

Des dizaines de kenders se précipitèrent sur l'ogre et lui grimpèrent dessus. Ceux qui se retrouvèrent au sommet tendirent les bras pour soutenir les gouttières, formant un aqueduc vivant qui s'étendait sur près de cent pas, depuis la citerne jusqu'à ce que les kenders avaient rebaptisé l'« Allée de la Tornade ».

Le charpentier rejoignit Tass, une hache à la main, et entreprit de creuser un trou dans l'énorme paroi de bois. Il entama rapidement la première couche, mais lorsqu'il atteignit le revêtement intérieur détrempé, sa cadence ralentit. Plusieurs minutes s'écoulèrent. Les kenders qui formaient l'aqueduc commencèrent à fatiguer. Ceux qui se trouvaient le plus près des flammes sentaient leurs poils roussir, et luttaient pour ne pas lâcher prise.

Tass eut alors l'idée de reprendre le chant des marins qui avait produit un effet si spectaculaire sur les nains des ravins :

Que tous les p'tits gars d'la côte
Fassent leur baluchon et la bise à leur belle.
Larguez les amarres, hissez les voiles, levez l'ancre,
Et partons tous unis pour la baie de Balifor.

D'abord un, puis dix, puis cent kenders reprirent en chœur. Enfin, un filet d'eau dégoulina le long de la hache du charpentier. Encore deux coups, et un véritable torrent jaillit dans la gouttière. Les kenders vacillèrent mais tinrent bon, et continuèrent à brailler de toute la force de leurs poumons.

Lorsque le liquide se déversa sur l'incendie, un énorme nuage de vapeur jaillit vers le ciel et obscurcit un temps l'Allée de la Tornade.

Quinze minutes après l'apparition de la première goutte d'eau, la citerne était vide. Les kenders, épuisés, se laissèrent tomber en tas sur le sol encore fumant. Tass essuya son front noir de suie et entreprit de descendre de son perchoir pour rejoindre ses amis.

*
* *

— Tass ! Tass ! Nous sommes là !

Tass et Aviron levèrent le nez de la chope de bière qu'ils étaient en train de boire dans une auberge fraîchement rebaptisée *Au Scorpion Brûlé Vif*. Epinglette et Damaris se dirigeaient vers eux, bras dessus, bras dessous, un large sourire aux lèvres.

— Tass, mon neveu préféré ! J'ai de bonnes nouvelles pour toi... Si tu n'y vois pas d'objection, bien sûr ! Damaris et moi avons l'intention de nous marier le plus rapidement possible, ce qui te délivrera de ta promesse ! Ha, ha ! Que dis-tu de ça ?

Tass les regarda en silence pendant quelques instants. Une expression de regret — ou était-ce seulement de la fatigue ? — passa sur son visage. Puis il se leva, leur passa un bras autour du cou et s'écria :

— Mettez un autre tonneau en perce, mon oncle.

CHAPITRE XXV

Le lendemain matin, le soleil brillait à nouveau dans le ciel de Kenderfoule. A midi, Epinglette Pieds-Poilus et Damaris Météo se marièrent dans la salle du Conseil. Damaris portait une robe jaune pâle ornée de perles et d'agates, qui s'accordait parfaitement avec la couleur de ses cheveux. Elle avait noué des fils d'or et des plumes bleues dans sa queue-de-cheval ; entre ses mains délicates elle tenait un bouquet de giroflées, de digitarias et de lavande.

Epinglette avait revêtu sa plus belle cape de velours noir, une tunique de satin blanc et un pantalon violine. Comme sa future épouse, il était pieds nus, ce qui, chez les kenders, symbolisait les nombreuses routes qu'ils parcourraient (et les nombreuses paires de chaussures qu'ils useraient) durant leur long et heureux mariage.

Tasslehoff devait servir de témoin à son oncle, et Aviron à Damaris. Le maire, se rengorgeant de fierté dans sa robe pourpre, prit une profonde inspiration avant de se lancer dans la très longue cérémonie traditionnelle des épousailles kender.

— Papa, intervint Damaris, la main d'Epinglette serrée dans la sienne, pourrais-tu nous faire la version courte ? Nous aimerions arriver à temps pour participer à la Foire d'Automne.

— Elle commence aujourd'hui, n'est-ce pas ? demanda Méridon Météo. (Depuis le coup qu'il avait reçu sur la tête, il avait du mal à se rappeler plus de trois ou quatre choses à la fois.) Très bien : voulez-vous vous prendre pour époux ?

— Oui ! dirent en chœur Damaris et Epinglette.

— Je vous déclare mari et femme ! Et maintenant, que la fête commence !

*
* *

Adossé à un arbre dans le jardin du palais, Tass jouissait du soleil automnal. Déplacer la foire au nord-est de la ville (la partie la moins touchée) avait été la seule concession des citoyens aux ravages de l'incendie. Le Département des Permis de Construire était déjà au travail pour concevoir la disposition des futurs bâtiments. Pour l'instant, il n'y avait pas deux de ses membres qui fussent d'accord sur la façon de procéder.

En revanche, les habitants étaient ravis : ils avaient de nouvelles ruines à explorer ! Phinéas et Vincent étaient d'ailleurs en grande conversation à ce sujet.

— Avec tes muscles et mon cerveau, disait l'humain, nous pourrions nous établir guides touristiques et faire visiter la Tour des Sorciers.

— Je ne sais pas trop, répondit l'ogre en se grattant le front.

— Il y a une montagne d'argent à récolter ! Je me charge de tout organiser, et tu n'auras plus qu'à emmener les visiteurs dans les Ruines et leur faire traverser le bosquet...

— J'ai l'impression que je vais me farcir tout le travail.

— Tu te moques de moi ! s'exclama Phinéas, l'air outré. Je vais être coincé avec la paperasserie pendant que tu passeras tes jours à te promener. Mais comme je suis généreux, je veux bien ne prendre qu'une très petite part des recettes..., disons quatre-vingts pour cent.

Aviron vint s'asseoir dans l'herbe, à côté de Tass, lui tendant une tasse de jus de fraise fraîchement pressé. Il observait les échoppes des marchands d'un air songeur.

— Je n'arrête pas de penser à dame Cornebière, dit-il. Elle espérait tellement arriver à temps pour vendre ses melons ici !

— Moi aussi, elle me manque, avoua Tass. (Il but une gorgée de jus de fraise.) Alors, qu'as-tu l'intention de faire maintenant ?

— Eh bien, j'ai beaucoup réfléchi depuis que nous avons été séparés à Port-Balifor. Ces dernières semaines m'ont appris des tas de choses, et notamment que la vie est courte — surtout pour un humain. J'ai envie d'en profiter, mais sans m'exposer à trop de dangers. Je songe à reprendre l'entreprise d'import-export de dame Cornebière. Je l'ai tellement regardée faire que je crois pouvoir me débrouiller tout seul. (Il jeta un regard interrogateur à Tass.) Qu'est-ce que vous en pensez ?

— C'est une excellente idée !

Aviron arracha un brin d'herbe et se mit à le mâchonner d'un air pensif.

— Un de ces jours, il faudra que je retourne en Solamnie pour faire la paix avec mon oncle Gordon. Mais pas maintenant. (Il secoua la tête comme pour chasser ses idées sombres.) Et vous, qu'allez-vous faire ?

— Je voulais revoir mes parents. Oncle Epinglette m'a dit qu'ils étaient toujours en vie, alors je suis allé chez eux pour les inviter à son mariage. Leur maison était toujours là, mais je ne les ai pas trouvés.

— Ils devaient être en train d'aider leurs amis à nettoyer, suggéra Aviron. Ou peut-être se sont-ils enfuis de la ville hier, et reviendront-ils bientôt.

— Peut-être, répondit Tass en hochant la tête.

Mais il avait questionné les voisins, et il savait que personne n'avait vu ses parents depuis longtemps. Néanmoins, l'heure n'était pas à l'inquiétude.

— Regarde ! s'exclama le kender, désignant Epinglette et Damaris. Je crois qu'ils se préparent à partir pour leur lune de miel. Allons leur dire au revoir.

— ... Et donc je l'ai achetée, était en train d'expliquer Epinglette. Il nous suffit de passer chacun une main dedans et de dire les mots magiques pour nous retrouver sur la lune.

— Tu crois ? souffla Damaris, les yeux brillants. Ce serait merveilleux ! Essayons tout de suite !

Epinglette sortit de sa poche deux bracelets d'argent reliés par une chaînette. Il en referma un autour de son poignet, puis fit de même pour Damaris.

— Et voilà ! s'exclama-t-il, satisfait. Ça devrait marcher. Au revoir, tout le monde ! (Il se concentra pour bien prononcer l'incantation.) Esla sivas ga-boing...

— Au revoir, oncle Epinglette ! s'écria joyeusement Tasslehoff. J'espère que cette lune de miel se passera mieux qu'avec ta première femme !

Le visage de Damaris s'empourpra.

— Quelle premièèèèèèèèèèè... ?

Les nouveaux mariés disparurent dans un nuage de fumée.

— Oups ! pouffa Tass, une main devant sa bouche.

Ce soir-là, il leva la tête vers la lune ; sur sa surface brillante, il crut apercevoir deux ombres minuscules qui se poursuivaient — ou peut-être trois ?

Advanced Dungeons & Dragons
2nd Edition

Le plus populaire
des jeux de rôle

...DES AVENTURES INOUBLIABLES VOUS ATTENDENT
DANS CES MONDES D'OMBRES ET DE LUMIÈRES :
LES ROYAUMES OUBLIÉS,
DARK SUN, SPELLJAMMER,
RAVENLOFT,
LANCE DRAGON...

DISTRIBUTEUR

Liste des relais-boutiques Descartes sur le 3615 DESCARTES

Bulletin d'abonnement

Tous les deux mois
vous découvrirez des reportages
vous présentant des univers imaginaires
comme s'ils étaient rééls …

À renvoyer à DRAGON® Magazine, 115 rue Anatole France, 93700 Drancy

----

BULLETIN D'ABONNEMENT
(à remplir en majuscules)

Nom _____ Prénom _____

Adresse _____

_____

Je m'abonne à DRAGON® Magazine pour un an (6 numéros) au prix de :

❏ 175 FF seulement (au lieu de 210 FF au numéro) pour la France métropolitaine.
❏ 200 FF pour l'Europe (par mandat international uniquement)
❏ 250 FF pour le reste du monde (par mandat international uniquement)

Je joins mon chèque au bulletin d'abonnement et j'envoie le tout à
DRAGON® Magazine, 115 rue Anatole France, 93700 Drancy

LISTE des MAGASINS PARTENAIRES
PASSION Jeux de Rôles

FRANCE

13 - BOUCHES DU RHÔNE
CRAZY ORQUE SALOON
11 rue Jean Roque, 13001 Marseille
Tel: 91 33 14 48

LE DRAGON D'IVOIRE
64 rue Saint-Suffren, 13006 Marseille
Tel: 91 37 56 66

21 - CÔTE D'OR
EXCALIBUR
44 rue Jeannin, 21000 Dijon
Tel: 80 65 82 99

25 - DOUBS
CADOQUAI
7 quai de Strasbourg, 25000 Besançon
Tel: 81 81 32 11

31 - HAUTE GARONNE
JEUX DU MONDE
Centre commercial Saint-georges, 31000 Toulouse
Tel: 61 23 73 88

33 - GIRONDE
LE TEMPLE DU JEU
62 rue du pas Saint-Georges, 33000 Bordeaux
Tel: 56 44 61 22

34 - HÉRAULT
EXCALIBUR
8 rue Cauzit, 34000 Montpellier
Tel: 67 60 81 33

LIBRAIRIE DES JOURS MEILLEURS
8 promenade Jean Baptiste Marty, 34200 Sète
Tel: 67 74 86 99

35 - ILLE-ET-VILAINE
L'AMUSANCE
Centre commercial des Trois Soleils,
35000 Rennes
Tel: 99 31 09 97

38 - ISÈRE
EXCALIBUR
18 rue Champollion, 38000 Grenoble
Tel: 76 63 16 41

44 - LOIRE-ATLANTIQUE
BROCÉLIANDE
2 rue J.-J. Rousseau, 44000 Nantes
Tel: 40 48 16 94

51 - MARNE
EXCALIBUR
9 rue Salin, 51100 Reims
Tel: 26 77 91 10

54 - MEURTHE-ET-MOSELLE
EXCALIBUR
35 rue de la commanderie, 54000 Nancy
Tel: 83 40 07 44

57 - MOSELLE
LES FLÉAUX D'ASGARD
2 rue Saint-Marcel, 57000 Metz
Tel: 87 30 24 25

59 - NORD
ROCAMBOLE
41 rue de la Clé, 59800 Lille
Tel: 20 55 67 01

67 - BAS-RHIN
PHILIBERT
12 rue de la Grange, 67000 Strasbourg
Tel: 88 32 65 35

69 - RHÔNE
LE TEMPLE DU JEU
268 rue de Créqui, 69007 Lyon
Tel: 72 73 13 26

74 - HAUTE-SAVOIE
VIRUS
13 rue Filaterie, 74000 Annecy
Tel: 50 51 71 00

75 - PARIS
TEMPS LIBRE
22 rue de Sévigné, 75004 Paris
Tel: (1) 42 74 06 31

GAMES IN BLUE
24 rue Monge, 75005 Paris
Tel: (1) 43 25 96 73

76 - SEINE MARITIME
LE DÉ D'YS
160 rue Eau de Robec, 76000 Rouen
Tel: 35 15 47 46

86 - VIENNE
LE DÉ À TROIS FACES
35 rue Grimaud, 86000 Poitiers
Tel: 49 41 52 10

87 - HAUTE-VIENNE
LA LUNE NOIRE
3 rue de la boucherie, 87000 Limoges
Tel: 55 34 54 23

94 - VAL-DE-MARNE
L'ECLECTIQUE
Galerie Saint-Hilaire
94210 La Varenne Saint-Hilaire
Tel: (1).42 83 52 23

EUROPE

SUISSE
AU VIEUX PARIS
1 rue de la Servette, Genève 1201
Tel: 41 22 734 25 76

DELIRIUM LUDENS
Rüschli 17/CP 677, CH 25 02 Bienne
Tel: 41 32 236 760

BELGIQUE
CHAOS
Galerie Gerardrie, 4000 Liège
Tel: 32 41 212 920

Les Magasins **PASSION** Jeux de Rôles
sont des spécialistes des jeux de rôles,
des jeux de plateau et des wargames,
demandez-leur le catalogue.

Achevé d'imprimer en juillet 1996
sur les presses de Cox & Wyman Ltd
(Angleterre)

FLEUVE NOIR – 12, avenue d'Italie
75627 PARIS – CEDEX 13.
Tel: 44.16.05.00

Dépôt légal : Septembre 1996
Imprimé en Angleterre